復讐の闇騎士

愁堂れな

幻冬舎ルチル文庫

C O N T E N T S ✦目次✦

復讐の闇騎士

復讐の闇騎士 …… 5
蜜月 …… 239
あとがき …… 251

✦カバーデザイン＝ chiaki-k（コガモデザイン）
✦ブックデザイン＝まるか工房

イラスト・蓮川　愛✦

復讐の闇騎士

1

何が起こっているのか、ルカにはまるでわかっていなかった。

目線を落として己の胸に深々と刺さる剣の柄《つか》を見やり、その柄を握る人物の手から顔へと再び視線を上げていく。

「今までご苦労だった」

はっきりと目が合うのを待っていたかのようなタイミングで、目の前の男が微笑《ほほえ》みそう告げる。

『私にはお前以外に誰もいない。だがお前だけがいればいい』

男は帝国でも一、二を争う美貌の持ち主だった。精悍《せいかん》な顔つきに漆黒の髪、燃えるような金色の瞳が特徴的である。その瞳を涙で潤ませながら何度となく囁《ささや》きかけてきた形のよい唇。心持ち薄い彼の唇は今、ルカが見たことのないような酷薄な笑みに歪《ゆが》んでいた。

「どう……して……」

ようやく光の当たる場所に立つことができる。それもすべてお前のおかげだ。祝杯を挙げる最初の相手はお前だ。

前夜、そう告げていたにもかかわらず、彼がルカに与えたのは盃《さかずき》ではなく剣だった。

「理由か？　……ふむ、理由ね」

尚《なお》も深く剣を突き立ててきながら、男が歌うような口調で呟《つぶや》き、小首を傾《かし》げる。

少しも悪びれたところの見られない彼の仕草に、ルカは愕然《がくぜん》となっていた。

皇族の象徴といわれる金色の髪も青い瞳も持たない彼を皇位に就けるために、障害となり得る人間すべてを排斥してきたのはルカだった。一度たりとも指示に背いたことはなく、また一度たりとも命令を遂行できなかったこともなかった。

明日はいよいよ戴冠式。晴れの日を迎える彼をこっそりと物陰から見守るつもりでもいた。公の場に己の身がそぐわないことは重々承知していたが、それでも命を奪われようとはまるで考えていなかった。

しかも彼自身の手によって――。

「お前を生かしておくと後々面倒なことになりそうだからね。皇太子の暗殺をはじめ、お前に命じたことが世間に知れたら困るんだ。ん？」

喋《しゃべ》るはずがない。どのような責め苦を受けようとも口を割ることはないし、それこそそのような状況となれば自害も辞さなかった。わかってくれていたのではないのか。信用ならなかったのか。ルカの胸に悲しみと、そして悔しさが広がる。

「悲しそうな顔をするな。お前が喋るとは私も考えていないよ。お前は黙って死んでくれるとわかっていたさ」

にっこりと男が微笑み、ルカに屈《かが》み込んでくる。

それならばなぜ――誓った忠誠を疑ったわけではないのなら、なぜ口を塞《ふさ》ごうというのか。

ルカが見つめる先、男の顔から笑みが消える。

「穢《けが》らわしいお前の姿をこれ以上見るのに耐えられなくなったからだよ」

「……っ」

憎悪に歪んだ顔。金色の瞳はギラギラと輝き、口調と共にこれでもかというほど嫌悪の情を伝えてくる。

「生まれが卑しい者同士と、同調されるのがどれだけ疎ましかったか、お前にはわからないだろうな。気持ちはわかるといいたげなお前の視線を浴びるたびに殺してやりたいと思っていた。だが皇帝になるにはお前の剣の力が必要だった。だから我慢してきたのさ。だがもう、お前の役目は終わった」

吐き捨てると男は剣を握る手を動かし、ぐっと傷を抉《えぐ》ってきた。

「……くっ」

ルカの口から苦痛の声と共に血が吐き出される。

理解は追いついていない。だが今まで男が自分に対して見せてきた顔も言葉もすべて偽りであったということくらいはさすがにわかった。

忠誠心を疑われたと思ったがゆえの悲しみは今や激しい怒りと憎しみに変じていたが、それを伝える術《すべ》はもはや、男を睨《にら》むことのみ。憎悪を込めた視線を送る先で男は、ふと何か思い出した顔になり、くす、と笑った。

「ああ、そうだ。抱き心地は悪くなかった。だがもう飽きた」

男の言葉にルカの頭に血が上る。屈辱的な行為も忠誠心で受け入れてきたというのに、と尚も男を睨もうとしたそのとき、男がルカの身体《からだ》から剣を引き抜いたかと思うと、勢いよく振り下ろしてきた。

「……っ」

頸動脈《けいどうみゃく》を断絶され、周囲に血が飛び散る。

「死ね」

最後にルカが聞いたのは、男のせせら笑う声とその一言だった。

憎い。

騙《だま》されていた自分が情けないという思いはある。が、それ以上に死にゆくルカの胸に溢《あふ》れていたのは男への憎しみだった。

利用するだけ利用した挙げ句に、用済みになった途端、ゴミを捨てるかのように排除する。そんな男のために今まで自分がどれだけの人間の命を奪ってきたか。中には善人としか思えない人もいた。罪もない人を殺したあとにどれだけの苦悩を抱えてきたか。あの日々は一体なんだったのだ。

馬鹿だった。自分は何もわかっていなかった。彼が悪人であるとなぜ見抜けなかったのか。できることならやり直したい。彼と出会う前に立ち戻り、復讐《ふくしゅう》したい――！

しかしもう、願っても叶《かな》うことはない。意識が遠のいていくのがわかる。自分の行く先はきっと地獄だ。地獄から彼を呪い続ける。近い将来、同じ地獄に落ちることを祈り続けてやる。

神が存在するのなら、死に際の願いをどうか叶えてほしい。あの男こそ、地獄に落ちますように。男の野望がすぐにも潰《つい》えますように――。


「……っ」

不意にルカは意識を取り戻し、はっとして周囲を見回した。

「……え？」

長い夢を見ていたような感覚に見舞われ、ぼんやりしてしまっている。

見覚えがあるような木陰に自分が座っていたことを理解すると同時に、今の今、体験したはずの出来事が脳裏に押し寄せてきて、ルカはぎょっとし、まずは己の胸を見下ろし、続いて首へと手を当てた。

「……死んで……ない？」

地獄でも天国でもなさそうな光景を見回し、首を傾げる。ゆっくりと立ち上がり、改めて周囲を見渡したルカは、なんとなく違和感を覚え己の手を、身体を再び見下ろした。

子供に戻っている――？

顔に、続いて髪に手をやる。髪は肩までの長さだった。姿が見たいが外では鏡もない。

ここは一体どこなのか。少し離れたところで大勢のかけ声のようなものが聞こえる。なんだか既視感があるなと声のほうへと足を踏み出したそのとき、

「おい」

と背後から声をかけられ、ルカははっとして振り返った。

「！」

いつの間に近づいてきたのか、十代半ばの少年たちが三人、ルカを取り囲む。少年たちの腰には剣が下がっていた。

「おい、お前、さっき一本勝ちした奴《やつ》だろ？」

「みすぼらしい剣だな。平民か？」

意地の悪そうな顔をした少年たちと、この状況。遠い昔、同じことを体験したような、と思い出すと同時にルカはその場を駆け出していた。

「おい、待て！」

「逃げるな！」

少年たちが追ってくるが、ルカは振り返らなかった。

わけがわからない。これは夢だろうか。ルカが戸惑っていたのは、十年前、まるで同じ体験をしたことを思い出したからだった。

十年前、ルカは帝都で第五騎士団の入団試験に挑戦した。ルカは男爵家の庶子であったが、男爵が気まぐれでメイドに手をつけた結果生まれた子だったため、男爵からも他のきょうだいからも冷たい目で見られ、肩身の狭い思いをして育った。

他の子供たちが当然のように享受していた教育の機会はルカには付与されず、狭い離れに母親と二人、死なない程度のわずかな食物のみ与えられ、押し込められるようにして暮らしていたが、母親が亡くなるとルカは男爵家を飛び出したのだった。

そのとき、ルカは十四歳。剣で身を立てようとし、平民にも広く門戸を開いていた帝国の第五騎士団の入団試験を受けるために帝都までやってきた。ルカは剣を習ったことはなかったが、男爵家の息子たちの剣の稽古を陰からこっそり覗《のぞ》き見、型を覚えた。木の枝を剣代わりに振っているのを剣の指南が偶然見かけ、筋がいい、と数回稽古をつけてくれた。

貴族でなくても入ることが可能である第五騎士団の試験のことを教えてくれたのもその指南で、試験を受けるには剣がいるだろうと、自分のお古の剣をルカにくれ、頑張れ、と応援もしてくれた。男爵家で冷遇されているルカに対し同情してくれたものと思われる。

騎士団に入団できれば衣食住は約束される。なんとしてでも受かりたいと固い決意を胸に臨んだ試験でルカは、思いの外自分が強いことを知ったのだった。

入団試験はグループ分けされた志願者たちがまずはグループ内の総当たり戦で戦い、そのグループで最も勝ち星が多かった者たちがトーナメント方式で一位を決める。

優勝した人間は当然、合格となるが、それ以外の合否は試験官たちに任された。準優勝でも入団できない場合もあれば、総当たり戦でほぼ勝ち星がなかった場合でも伸びしろを期待され合格することもある。

以前、ルカは総当たり戦で全勝し、トーナメント戦に進むことになっていた。が、休憩時間に先程の少年たちに絡まれ、剣を取り上げられた上で腕を折られそうになった。それを救ってくれたのが――と、十年前の出来事を思い起こしていたせいで、注意力が散漫になっていたらしく、不意に目の前に現れた人影に反応するのが遅れた。

「……っ。すみませんっ」

身体の感覚が違うということもあった。もっと速く走れるはず、もっと素早く反応できるはずなのだが手足の長さや筋力が足らず、思うように身動きが取れていないのをひしひしと感じつつ、ルカは避け損ない、激突することになった人物に慌てて謝罪をし、頭を下げた。

「……っ」

顔を上げた瞬間、思わず息を呑《の》む。というのもそれがルカの記憶に深く刻まれていた人物であるためだった。

腰までの銀髪、銀色の瞳、白皙《はくせき》の顔は生きている人間とは思えないほどに整っている。そんな彼の姿を目の前にし、頭からサーッと血の気が引いていくのがわかる。

そういえば彼は人間ではないという噂《うわさ》があった。十年は時が遡っているはずであるのに、目の前にいる彼の外見に変化はまるで見られない。

本当に噂どおり、不老不死なのかもしれない。思わぬ『再会』に対する驚愕《きょうがく》が、一瞬、ルカの思考を遮断した。が、次の瞬間、

「おい、どこ行った？」

「畜生、逃げ足速すぎるだろう」

という先程の少年たちの声が遠くで響いたため、すぐさまルカは我に返ると、

「失礼します」

と再度頭を下げ、逃げ出そうとした。

「……っ」

だが足を踏み出すより前に強く上腕を摑《つか》まれ、ルカはぎょっとして己の逃亡を妨げる人物を見やった。

「こっちだ」

短く告げた声にもいやというほど聞き覚えがある。死に至るまでの間に、直接会話を交わしたことはほとんどない。ただ彼の動向には常に気を配っていた。物陰から窺《うかが》っているときに聞いた声そのものだが、なぜ、己の腕を引き彼まで駆け出しているのだろう。

そもそもこの場に彼がいること自体不思議なのだが、と、輝く白いマントの下の、マント以上に眩《まぶ》しい白色の制服をルカは見やった。

それは皇帝直属の第一騎士団長である。男の名はリュシオン・フェルナンド。第一騎士団の騎士団長の制服だった。第一騎士団長がなぜ、騎士団の中では最下層となる第五騎士団の入団試験場にいるのか。偶然通りかかっただけなのかと首を傾げている間に、リュシオンはルカを連れ、試験場近くの建物内へと足を踏み入れていった。

「騎士団長……！」

「白騎士様がなぜここに……？」

疑問を覚えたのはルカだけではなく、建物内にいる第五騎士団の面々が揃《そろ》って驚きの声を上げ、廊下を進む彼と、そして彼に連れられているルカに視線を浴びせてきた。

「リュシオン卿《きょう》、いかがされました」

慌てた様子で飛んできたのは、第五騎士団長のマルクだった。彼の後ろには今回の入団試験を仕切っていた副団長のケイレブもいる。

「先ほど彼が他の受験者たちに絡まれているところに遭遇した」

『彼』と言いながらリュシオンがルカへと視線を送る。銀色の瞳に見据《みす》えられた瞬間、ルカの身体にぞわりとした感触が生まれ、慌てて目を伏せた。

「なんと。彼はトーノメント戦に出場予定です。それを邪魔しようとしたのでしょうが、騎士の風上にもおけない受験者がいたものですな」

マルクが不快そうな顔になり吐き捨てる。正義感の強い彼のことも昔斬り捨てたのだったと思い起こしていたルカは、またも瞬時ぼんやりしてしまっていたのだが、続くリュシオンの言葉を聞き、はっと我に返ったのだった。

「家名と名前を知らせる。受験者である可能性は低いかと」

「なんですって⁉」

マルクが、ケイレブが驚きの声を上げる。

「何者かがこの試験を妨害しようとしていると、そういうことですか？」

マルクが勢い込んで問いかけてくるのに、リュシオンは首を横に振った。

「いや、試験をどうこうしようということではなく、彼を囲い込もうとしたのではないかと思う」

『彼』と言うときまた、リュシオンは再びルカへと視線を向けてきた。

「……え？」

自分を？

戸惑いの声を上げたルカの前では、マルクとケイレブもまた、戸惑った顔になっている。

「確かに彼の剣には将来性を感じました。トーナメント戦の結果を待たずとも合格を考えてはいましたが……」

ケイレブの言葉にルカは、前回、もしあの少年たちの妨害さえなかったら、騎士団に入れていたのかと、心の中で一人ごちていた。

そうなればまた、生き方は変わったことだろう。『前回』というより『前世』というべきか。

前世──未《いま》だ信じられない。しかし時が巻き戻っているのは確かなようだ。さすがにこれが現実ということは認識できるようになった、とルカは密《ひそ》かに一人、頷《うなず》いた。

同時に、自分の死までの人生もまた『現実』であったということもわかってきた。長い夢を見たというのは無理がある。理由はさっぱりわからない。ルカは神の存在を信じていなかったが、今際の際に願った『やり直したい』という願いが聞き入れられたのかもしれない。

となると神はいるということか。

そんな場合でないことはわかってはいたものの、いつしかルカは一人の思考の世界にはまり込んでいたようだった。なのでリュシオンに肩を抱かれ、ぎょっとしたせいでつい、その手をバシッと振り払ってしまっていた。

「おい、お前……」

リュシオン本人ではなく、前にいたケイレブに非難の声を上げられ、はっと我に返る。

「も、申し訳ありません……っ」

第一騎士団長に手を上げるなど、失礼極まりない。いわば騎士のトップにいる相手であるのに、と、彼が言いたいのがわかったため、ルカは慌てて頭を下げた。ケイレブの機嫌を損ねればせっかく決まりかけた入団が白紙になるのではと、それを恐れたからだが、事態はルカの考えもしない方向へと進み始めた。

「いや、突然身体に触れた私が悪い」

ルカの謝罪をリュシオンは受け入れるどころか、逆に謝罪を返してきた。

「申し訳なかった」

「い、いえ。そんな」

ケイレブの顔つきがますます険しくなったことに気づいてルカは青ざめた。白騎士様に謝罪をさせるとはと考えているだろうが、自分が何を言ったわけではない。慌てて言い返したルカの目を、リュシオンが覗き込む。

「……あ……の……？」

銀色の瞳の美しさに魅入《みい》られ、ルカもまたまじまじとリュシオンを見返した。本当に美しい顔である。神々しいといっていいだろう。この男には気をつけるのだと、前世ではさんざん『彼』に言われてきた。唯一、己の野望を打ち砕く可能性がある男だから、と。

出し抜くためにどれほどの苦労が必要だったか。しかしこうして直接顔を合わせたことはなかったのだった、といつしか『前世』を思い返していたルカは、リュシオンが口を開いたのを機に、ようやく我に返ったのだった。

「ソードマスターになりたくないか」

「……は？」

問われた言葉が意外すぎて、最初、ルカは意味を解することができなかった。

「ソードマスターですと？」

「リュシオン卿、一体何を……」

マルクとケイレブもまた、狐《きつね》につままれたような顔で問い返している。

「ソードマスター……？　私が……？」

それでようやくルカは、リュシオンが何を問うてきたのか、理解できたのだった。

ルカの知る限り、この国で『ソードマスター』――剣聖といわれるほどの剣の達人は、リュシオンただ一人だった。余所《よそ》の国にいるという噂も聞いたことがない。実力は勿論《もちろん》、聖剣に選ばれる必要があり、肉体的、精神的、技術的に極めに極めたとしても、到底到達することのできる域には達しないと言われていた。

「ああ。ソードマスターの私が言うのだ。お前ならその実力があると」

リュシオンは相変わらず、ルカを真《ま》っ直《す》ぐに見据えていた。嘘《うそ》をついているようには見えないし、嘘をつく理由もない。とはいえ自分がソードマスターになれるとは考えがたい。ル力はすっかり混乱してしまっていた。

「本当ですか？　彼がソードマスターになれるというのは。あ、いえ、リュシオン卿の言葉を疑うわけではありませんが、ソードマスターとなると、さすがにただごとではないと言いますか……」

マルクが言いづらそうにリュシオンに問いかける横で、ケイレブも神妙な顔で頷いている。

「彼の剣の実力は突出していると、先程君も言っていただろう？」

リュシオンは気を悪くする様子もなく、淡々とした口調でそう、ケイレブに確認を取った。

「はい、確かに言いましたが、ソードマスターになれるとまでは……」

ケイレブが答える途中でリュシオンは頷き、彼の言葉を遮った。

「その才能を、何者かに狙《ねら》われたのがわかって、放置できると思うか？」

「それは……」

話がもとに戻った。ケイレブは何かを言いかけたが、すぐ、溜《た》め息と共に首を横に振った。

「リュシオン卿が仰《おっしゃ》るとおり、将来のソードマスターということでしたら、彼を狙ったという先程の話はわからなくないです。現に彼の試験を妨害しようという動きはあったわけですから」

「私であれば彼をソードマスターに育てることができる。なので彼を私に預けてほしいのだ」

リュシオンがケイレブとマルクにそう言い放つ。

「二人目のソードマスターが生まれるのであればそれこそ国の宝となりましょう。私どもにそれを阻《はば》むことなどできようはずがありません」

マルクがそう言い、恭しげに頭を下げる。

「市井にいた彼のような実力者を見出すことができたのも、第五騎士団が広く門戸を開いていたおかげだ」

礼を言う、とリュシオンが微笑む。

「……っ」

今までほぼ無表情だった彼の笑みを前にし、マルクもケイレブも息を呑む。ルカもまた見入ってしまいながら、この人はやはり、人間ではないのではと改めてそう考えていた。

胡乱《うろん》としかいいようのない振る舞いをする第五騎士団の二人を残し、ルカはリュシオンに連れられ建物の外に出た。

まだ自分は返事をしていないが、既にリュシオンのもとで修業をする流れになっている。

『ソードマスター』とは夢のような話で戸惑うばかりではあるが、なれるのであれば是非《ぜひ》なりたい。自然と拳《こぶし》を握り締めていたルカの視界に見覚えがある――という表現では追いつかないある人物の姿が過《よぎ》る。

「……っ」

思わず息を呑み、自然と足が止まった。

「どうした？」

無表情に戻っていたリュシオンがルカの顔を覗き込んでくる。

「いえ……なんでもありません」

見てはならない。見るべきではない。かかわっていいことなど一つもない。少なくとも今は。

目を伏せ、その人物を視界から消す。答えた声が震えてしまったことに舌打ちしたい気持ちになった。『彼』の顔を見ただけでこうも動揺する自分が情けない。遠目に見ただけだというのに、と唇を噛《か》んだルカはそのまま歩き出そうとしたのだが、未だ、リュシオンが顔を覗き込んできていることに気づき、彼を見た。

「あの……」

「行こう」

問いかけるとリュシオンはふと目線を逸《そ》らし、歩き出した。

「はい」

頷き、ルカも歩き出す。できるだけ『彼』のほうを見ないようにと心がけていたが、射るような視線を感じずにはいられなかった。

前世では今頃、彼と共に過ごしていた。少年たちに絡まれ、怪我《けが》を負わされそうになったところを救ってくれたのが『彼』だった。

それからは彼のもとで、彼の野望のために　己のすべてを尽くした。

「…………」

待てよ。

ルカの頭に閃《ひらめ》きが走った。先程リュシオンは、何者かが自分を狙っていたのではと言っていた。

まさか――まさか、最初から『彼』に仕組まれていたというのだろうか。

そんな。

呆然《ぼうぜん》としつつ足を進めていたルカの前に人影が差す。

「リュシオン卿……思わぬところでお会いしますね」

この声は――！　ぎょっとしたせいでルカはつい、顔を上げてしまった。途端に目の前にいる『彼』と目が合う。

その瞳を見た瞬間、ルカは全身の血が逆流するかのような錯覚に陥った。

漆黒の髪に金色の瞳。見慣れた顔より随分と若い――少年と青年の間といった年代の彼は、弱々しい笑みを浮かべていた。

彼の名はアンドレア。この国の第二皇子である。皇帝が側仕えのメイドに手をつけ生まれた彼は、この国の皇族の特徴である金色の髪も青い瞳も持たない皇子である。

今は亡き皇妃の子供であるヴィンセント第一皇子の二歳年下である彼の存在感はまるでな

かった。皇宮内でひっそりと暮らしている彼ではあったが、公式の場には必ず『第二皇子』として参列しており、あからさまな冷遇を受けているわけではなかった——と、今ならわかる。当時は彼のこの弱々しくも卑屈な物言いに騙されていたが、とルカは前世を思い起こし、密かに唇を噛んだ。

「殿下、いかがされました？」

リュシオンは淡々と返していた。前に立つ彼の背中を頼もしく感じる。

「いえ……第五騎士団の入団試験に招かれているのです。騎士として採用された者たちへの表彰のために。兄上に急用が入ったもので……僕もこのくらいの役には立たないと……」

卑屈さを感じる弱々しい声音。そうだ、確か初対面のときにも彼はそんな態度を貫いていた。

実際、卑屈にはなっていただろうが、それを超える野望を巧妙に隠していた。幼い自分はまるで気づかなかったが。時間が経《た》つにつれ落ち着きを取り戻していたルカは、リュシオンとアンドレアのやり取りに耳を傾ける余裕をも取り戻していた。

「騎士になれた者たちもさぞ名誉に感じることでしょう。それでは」

卑屈さにはまるで気づかなかったかのように淡々とリュシオンは返し、一礼するとその場を辞そうとした。

「連れているのは騎士になった子ですか？」

しかしアンドレアはリュシオンを呼び止め、会話を続けようとする。しかも話題は自分のことかとルカは、リュシオンの背に隠れ身を竦《すく》ませていた。

「違います。私の側仕《そばづか》えです」

リュシオンの答えは短く、再度一礼すると足早にその場を立ち去ろうとした。ルカも彼と歩調を合わせ、アンドレアから一刻も早く離れるべく歩き続ける。

それ以上、アンドレアが声をかけてこなかったのは、リュシオンの拒絶を感じたからだろう。非礼を働いているわけではなかったが、全身でアンドレアを拒絶していたのを感じる。しかしなぜだろう。『白騎士』は皇族を守るべき立場にあるのに、と不思議に思うと同時にルカは、前世ではアンドレアのほうがリュシオンを避けていたなと思い出していた。

それこそ『拒絶』という言葉では足りぬほどだった。憎しみすら感じられたが、何か二人の間にきっかけとなる出来事があったのだろうか。思い出せないなと首を傾げていたルカはリュシオンに声をかけられ、意識を彼へと向けた。

「ルカ。私を信じることができるか？」

「……え？」

唐突な問いかけに、ルカは戸惑いの声を上げる。だが続くリュシオンの言葉はますますルカを戸惑わせるものだった。

「お前は美しすぎる」

「……え……？」

美の化身のようなリュシオンから、まさか『美しい』と言われるとは。呆然としていたルカをリュシオンは相変わらず無表情に見つめ続け、ますます困惑へと追いやっていったのだった。

2

いきなり『美しい』などと言われ、絶句するしかなかったルカを前にし、リュシオンは無表情といっていい状態のまま、淡々と言葉を続けていった。

「突出した才能は妬まれる。矛先はわかりやすい部分に向かうものだ。お前の場合はその美貌がやり玉に挙がる確率が高い」

そこまで言うとリュシオンは、呆然としていたルカに問いかけてきた。

「私の言っていることがわかるか？」

「……は……い……。おそらく」

『美貌』と言い切ることは憚《はばか》られるものの、確かに今まで顔をネタに責められたことがあった、とルカは頷いた。

腹違いの兄の剣の指南がルカにこっそり教えていることがわかると、『媚《こ》びを売りやがって』とルカを批難すると同時に、指南に対しては『見てくれがいいからといって、同情するとは』と陰で蔑んでいた。

兄たちはルカを取るに足りないものと見ていたはずだが、『見てくれがいいと思いやがって』といった怒声は何度となく浴びせてきた。

自分の『見てくれ』――外見は母親と瓜二《うりふた》つらしい。とはいえ、ルカが物心ついたときには、母親は窶《やつ》れ果て、『美しい』というよりは『痛々しい』という表現のほうが適していた。

自分の顔も母の顔も『美しい』と思ったことはない。唯一『綺麗《きれい》』と言ってくれたのは――と、思い出したくもない前世の記憶が蘇《よみがえ》りそうになり、ルカは咄嗟《とっさ》に思考を遮断し、口を開いた。

「しかし私は美しくはありません。美しいというのは……」

あなたのような顔を言うのでは、と告げようとしたルカは、『あなた』と呼びかけていいのか迷ったせいで言葉を途切れさせた。

「客観的に見て美しい」

その間にリュシオンが言葉を発し、話が続いていく。

「先程言ったことは嘘ではない。私はお前を側仕えとして手元に置くつもりだ。一日も早くお前がソードマスターとして目覚めるためには、共に過ごす時間は長ければ長いほうがいいからだ。しかしそのことに対して面白くなく思う人間も多くいることは容易《たやす》く想像できる。現段階ではお前の才能は開花しきっていないため、私がお前の美貌に惹《ひ》かれて傍《そば》に置いていると言い出す人間が少なからずいるだろう」

「……はい……」

男爵家の庶子といっても、母親はメイド、平民である。『白騎士様』と騎士ばかりでなく帝国民すべてから崇《あが》められているリュシオンが急に自分を傍に置くと言い出せば、確かに妬まれもしよう。

顔を理由にされるかはわからないが、と首を傾げながらも頷いたルカに、リュシオンもまた頷くと、少し言葉を探すようにして黙ったあと、口を開いた。

「なのでお前の美貌を損ねたい」

「……え？」

それはどういう意味なのか。今度こそまるで理解できず眉根を寄せたルカは、続くリュシオンの言葉に驚いたせいで、思わず声を上げていた。

「ソードマスターになるまでの間、お前の顔に傷をつけさせてもらう」

「傷ですか？」

戸惑いの声を上げはしたが、ルカは自身の顔に対してなんの感情も持っていなかったため、それが命令ならばと頷いた。

「わかりました」

「…………」

リュシオンはルカがそうも早く納得するとは考えていなかったらしく、一瞬、唖然《あぜん》とした様子となった。が、すぐさま美しい彼の顔からは驚きの表情は消え、ルカの顔に向かいさっと手をかざしてきた。

「……っ」

目映《まばゆ》い光が彼の指先から放たれ、ルカは目を閉じた。

「鏡を見るか?」

リュシオンの声に、はっとし、目を開く。返事をする前だったのに、既にルカの前には手鏡が差し出されていた。

「……ありがとうございます」

鏡など、持っていただろうか。不思議に思いながらも受け取り、顔を映す。

「……あ……」

驚きの声がルカの口から漏れる。というのも、己の頬《ほお》にはざっくりと刃《やいば》で斬《き》られたような傷がついていたにもかかわらず、少しの痛みも感じなかったからだった。しかも傷口は既に塞がりかけており、血も滴っていない。

「その傷は私との手合わせのときについたものとしよう。傷の手当てのために当面、側に置くと周囲の者には伝えておく。二、三日は私の部屋から出ないように」

手鏡を受け取りながらリュシオンがそう言い、ルカを見る。

「……わかりました……?」

頷きはしたが、語尾はやはり疑問形になった。しまった、とルカは咳払《せきばら》いをし、再び、

「わかりました」

と返事を繰り返し頭を下げた。

「行こう」

相変わらずリュシオンは無表情のまま、一言そう言うと、どこから取り出したのか白いハンカチーフをルカに差し出してきた。

「傷をこれで押さえておくといい」

「汚れますので」

先程鏡で見た感じだと、傷口は完全には塞がっていないようだった。見るからに上質とわかるこの、眩しいほどに白い布を血で汚すわけにはいかないと受け取りかねていると、なんとリュシオンは手を伸ばし、自らそのハンカチーフでルカの頬を覆った。

「……っ」

咄嗟のことで避《よ》けることもできなかったルカを真っ直ぐに見つめ、リュシオンが口を開く。

「押さえるんだ」

「は、はい」

命令とあらば聞かざるを得ない。しかしなぜ。疑問ばかりが頭に浮かぶが、言われたとおりにルカは自身で頬を押さえ、リュシオンと共に歩みを続けた。

その後、リュシオンはルカを馬車に乗せ、白騎士団の騎士たちが住む場所へと連れていっ

た。皇宮に最も近いところにある建物は、ルカの目には宮殿のように立派に見えた。そういえば前世では本物の『宮殿』内に足を踏み入れたことはなかった。その前日に殺されたから、と、荘厳な雰囲気のある石造りの建物を見上げていたルカに、リュシオンが声をかける。

「私の部屋の隣にお前の部屋を用意させる。今日から早速住んでもらうが、今の住居から何か持ってきたいものはあるか？」

「え？　いえ、何も」

何から何まで唐突で戸惑うしかなかったルカだが、問われたことにはすぐに答えることができた。

「……そうか」

リュシオンが何か言いかけ、黙る。今、ルカは剣のみを手にしており、荷物は何も持っていなかった。にもかかわらず、持ってきたい私物はないと答えたので、訝《いぶか》っているのだろう。

しかし本当に何もないのだ、とルカは心の中で一人呟いた。

前世でもルカは、第五騎士団の入団試験を受けるときには、二度と家には戻らない覚悟を決めて臨んでいた。結果としては入団できなかったわけだが、そのかわりに別の職を得た。

ああ、でも、とルカはあることを思いつき、『ない』と即答したことを後悔した。

前世での『別の職』では、衣食住、すべてを約束されていたが、今回はそうとは聞いていない。着替えくらいは持ってきたほうがいいだろうかと思い直したのだが、リュシオンはあたかもその考えを読んだかのようなことを告げてきた。

「着替えなどは気にしなくていい。すべてこちらで手配しよう。家族への挨拶《あいさつ》も不要ということでよいのだな?」

「あの……はい」

ルカは頷いたあと、リュシオンの特別な力には相手の心を読むというものも含まれているのかと考えていた。

白騎士リュシオン卿。彼に関する噂は前世でも耳にしていたが、何が真実で何が虚偽であるかはルカには知る術がなかった。

年齢不詳であるのは、還俗《げんぞく》した聖女の血を引いているからという噂がまことしやかに囁かれており、聖女の持つ『神聖力』を彼も持っているという噂もあった。

しかし何より彼は、国で唯一のソードマスターとして有名だった。剣聖であるだけでも特別である上に、神聖力である。ただ神聖力を使う聖女は神殿にいるため、リュシオンがその力を使う必要はない。それで真偽を知る機会はなかったわけだが、先程己の頬に傷をつけたのはまさにその『神聖力』ではないのか。

いつしかルカはリュシオンを凝視してしまっていたのだが、それに気づいたのはリュシオンにそれを問われたときだった。

「何か言いたいことがあるのか?」

「……っ。失礼しました。あの……」

本当に心が読めるのですか。それは神聖力と呼ばれるものですか。問いたいことはあったが、どのように聞けば失礼にあたらないかが咄嗟に思いつかなかったので口ごもった。

「何もないのなら行こう。部屋に案内する」

淡々とリュシオンはそう言い、ルカからすっと目を逸らすと歩き始めた。ルカは慌てて彼のあとを追う。

建物の外観は豪奢《ごうしゃ》だったがリュシオンの部屋は思いの外、質素だった。質素というより『簡素』という表現が相応しいか、とルカは装飾品というものがほとんどない広い室内をおずおずと見回した。

「あのドアが隣の部屋に続いている。お前の部屋だ。すぐ掃除をさせよう」

「ありがとうございます」

礼を言うのを待たず、リュシオンがそのドアに向かって歩き出す。ルカも彼に続き、彼が開いたドアの向こうへと視線を向けた。

「……………」

「この部屋にも専用の浴室がある。奥の扉だ」

「浴室、ですか?」

その部屋もリュシオンの部屋同様簡素ではあったが、今までルカが住んでいた男爵家の離れ全体より広いくらいだった。

清潔そうなベッドに文机《ふづくえ》。壁側の本棚にはずらりと革表紙の本が並んでいる。なんの本だろうか。ルカは教育を受けさせてもらえなかったこともあり、簡単な読み書きはできるものの、難しい本を読んだことはなかった。

読み書きも満足にできないことを先に知らせておいたほうがいいだろうか。彼の側仕えになるのなら、と、ルカはリュシオンへと視線を向け、口を開いた。

「あの、僕……いえ、私は……」

先程から驚きの連続で、満足に口がきけていない。礼儀を知らないと思われているのではと、ルカは慌てて取り繕おうとした。

「私はここで何をすればよろしいのでしょうか」

ルカの脳裏に前世の記憶が蘇る。

状況としては前世と似ている気がする。結局自分は第五騎士団に入団できていない。

前世では同じ入団希望の少年たちに絡まれていたところを救ってくれた『彼』にスカウトされた。

今回もまた、危機を救ってくれたリュシオンに彼のもとへと連れてこられた。

『彼』もまた、剣の才能があると言ってくれた。リュシオンもそこは同じだ。しかもリュシオンは自分に『ソードマスター』になれると言った。自身もソードマスターである彼の言葉であるので、一瞬、心が浮き立った。

しかし、もしリュシオンも『彼』と同じであったとしたら？

手駒として、自分を使いたいだけであったなら、自分は——。

「修業だ」

リュシオンの声に、ルカははっと我に返った。

「修業……」

「ああ。ソードマスターになるのは並大抵のことではない。覚醒するのにこれから血反吐《ちへど》を吐くような日々が続くだろう。ソードマスターになること。それ以外にお前に求めることはないから安心しろ」

「…………」

はい、と頷くことがルカにはできなかった。リュシオンの言葉からは嘘や誤魔化しは感じられない。しかし『彼』とてそれは同じだった。

自分に人を見る目がないということは、前世で思い知っていた。リュシオンが果たして信用できるか否かはわからない。

さすがに『白騎士』が悪事を働くとは思えないが、前世で信用したのは——第二皇子だった。

「信用できないのも無理はない。だが私にはそれ以外に目的などない。ソードマスターになれば、お前の前にどんな道でも開ける。私はその手助けをしたい。それだけだ」

リュシオンが淡々と告げ、じっとルカを見つめてくる。

澄んだ瞳にはやはり嘘は感じられない。でも信用するのはやはり躊躇《ためら》われる。とはいえ、自分には選択肢などない。今更第五騎士団の入団試験を受けることはできないし、ここを出ていくともう、家に帰るしかなくなるが、二度とあの家には戻りたくない。

ソードマスターになれば、リュシオンの言うとおり、どのような道もが開けてくる。それは間違いない。なれるかどうかは自分次第。己を信じて進むのみだ。

ルカはようやく気持ちを固めることができた。彼の性格からしてここまで消極的ではないのだが、回帰などという信じがたい体験をしたのと、死ぬ前に同じく信じがたい裏切りにあったせいで、誰も信用できない状態に陥っていたのだった。

「勿論信用しております。どうぞよろしくお願い致します」

躊躇いを自分への信頼度のなさととられたのだろう。これから世話になるのに、好感度を下げるよりは上げたほうがいいとルカは丁寧に頭を下げたあと、そういえば、と疑問を覚えたことを問いかけた。

「あの、リュシオン卿のことはこれからなんとお呼びすればよろしいでしょうか。『旦那様』もしくは『先生』ですか？」

「子供がそう気を遣わなくていい」

ルカの問いに対するリュシオンの返しは『にべもない』という表現がぴったりの、冷たさすら感じさせるものだった。ばっさり斬られたという印象を受け、絶句しかけたルカにリュシオンが言葉をかける。

「皆と同じ『団長』と呼ぶといい」

「……わかりました。団長」

自分を『子供』と言われたことにルカは違和感を覚えた。まだ今の身体の大きさに慣れていない。ついこの間まで『大人』だったのだ。十年も前、それこそ十四歳の頃に人生が巻き戻ったというあり得ない事態が起ったことに対する戸惑いと焦りをようやく抑えられるようになったとはいえ、未だ夢を見ているような気持ちで、今は一人になりたかった。今の状況を冷静に考えてみたかった。

しかし、一人になりたいなど、リュシオンに言えるはずもない。心の中で願えば通じるだろうかと、ルカは俯《うつむ》きながら、ちらとリュシオンを見やった。リュシオンの銀色の瞳が一瞬、自分の顔に向けられたと思った直後、彼が口を開いた。

「疲れただろう。入浴の準備をさせる。夕食までゆっくりするといい」

「……ありがとうございます。何から何まで恐れ入ります」

やはり通じた。それともあからさますぎただろうか。反省したルカに向かい、リュシオンは小さく頷くと踵《きびす》を返しドアへと向かっていった。

バタンとドアが閉じ、一人になる。我知らぬうちにルカの口からは溜め息が漏れていた。

本当に何がどうなっているのか。わけがわからない。鏡を見てみよう、と、浴室へと向かおうとする。と、背後でドアがノックされる音がし、タオルを手にメイドが入ってきた。

「失礼致します」

好奇心丸出しといった表情だった彼女も、ルカが顔からハンカチーフを外し「ありがとうございます」と頭を下げると、見てはならないものを見てしまったというような顔になり、タオルを渡すとそそくさと部屋を出ていった。頬の傷痕はそれほど痛々しいものなのだろう。実際痛みはまるでないのだがと思いつつ、浴室に入り、洗面台のところにある鏡に己の姿を映した。

手鏡に映したとおり、十年前の自分の顔だ。違うところは頬に刻まれた刀傷のみ。確かに痛々しい傷だなと、まじまじと傷を見たあとルカは上着を脱いでみた。

裸の上半身を見下ろし、やはり今の自分は少年だと改めて認識する。浴室に湯を張りながらルカは、渦を巻くバスタブの湯を眺め、前世の自分の歩んだ道を思い起こしていた。

十四歳のときに第五騎士団の入団試験を受け、少年たちに絡まれたせいで途中で棄権せざるを得なくなった。

少年たちの理不尽な暴力からルカを救ってくれたのが、偶然通りかかった第二皇子のアンドレアで、ルカの境遇に同情したアンドレアが庇護《ひご》の手を差し伸べてくれたのだった。

『運がなかったね。でも君には剣の才能がある。どうだい？　僕のもとで剣を学んでみないか？』

帰る家がないのなら、という彼の言葉は、ルカにとっては夢のような申し出だった。

第二皇子がなぜ、自分に親切にしてくれるのか。幼すぎてまったく疑問を覚えなかった。ただの親切ではなかったと、なぜ気づかなかったのか。当時を振り返ってみて、ルカは、今更その理由に気づいた。

親切だったから――それまでルカに対し、母親以外、誰一人として親切にしてくれた人間はいなかった。

アンドレアのような身分の高い人が、自分に心を寄せてくれるのに夢見心地となった。アンドレアはルカに見事な剣もくれた。名のある剣であり、これで自分の身を守ってほしいと微笑まれた。何があっても守ってみせると有頂天になった。その頃には自分の剣の実力に自信も持てるようになっていた。剣を振るいたいという願望もちょうど芽生えつつあった。そんなルカにアンドレアは、『機会』を与えたのだった。ごく自然な形で、人を――彼にとっての邪魔者を殺すという機会を。

バスタブから湯が溢れそうになっていることにルカは気づき、暫《しば》しの思考から覚めた。服を脱ぎきり、バスタブに身体を沈める。生っ白い身体だ。筋肉もほとんどついていない。ろくなものを食べていないので同年代の人間より体格が劣っている。アンドレアの世話を受け、まともな食事をとらせてもらうようになってから、めきめきと剣の腕は上がっていった。

『ルカ。僕には君しかいない』

まだ少年らしさが残る面差しの彼の金色の瞳は、いつも美しくキラキラと輝いていた。

『ルカ』

呼びかける声音は蜜が蕩《とろ》けそうなほどに常に甘く、彼と向かい合うときには痺《しび》れるような幸福を得た。

『ルカ、僕と君は同じだ。自らの責任ではない生まれのせいで、不当な扱いを受け続けてきた。僕らの魂は深いところで繋《つな》がっている。同じことを考え同じことを感じる。僕の悲しみは君の悲しみであり、僕の喜びは君の喜びなんだ』

温かな寝床。温かな食事。そして温かな愛情。今までルカにとっては無縁だったそれらのものを与えてくれたのはアンドレアだった。

第二皇子用の宮殿の地下、アンドレアの私室と秘密の通路で繋がっている部屋を用意されたが、その部屋はルカが見たこともないほど豪奢だった。

日中、ルカがアンドレアと共に過ごすことはなかった。ルカの部屋が地下室であったのも、人目につかないようにという配慮だったと、あの頃はまるで気づかなかった。

ルカのために練習場が建設されたが、自分専用と感激こそすれ、あくまでも陰の存在でいさせるためだということは、可能性の一つとしても思いつかなかった。

『ルカ』

優しい声音で名を呼びかけられる喜び。

『僕らの魂は深いところで繋がっている』

愛情を感じさせる温かな言葉。アンドレアは弱々しく微笑むことが多かった。自信なさげに、そして優しげに。皆が彼を小心者と思っており、謀反を企てているなど、誰一人として気づいていなかった。

彼に人を殺すようにと指示され始めたときにも、義侠心《ぎきょうしん》に訴えかけられていたため、彼を救いたい気持ちが先に立った。初めて人を殺めたとき、震える手を握り締め涙を流し慰めてくれたのもアンドレアだった。

愛など一欠片《ひとかけら》もなかったというのに、最後の最後まで自分はその事実に気づくことがなかったのだ――おめでたい話じゃないか、と顔を歪めて笑ったあと、ルカは大きく息を吐き出し、天井を見上げた。

本当に回帰したのだろうか。これは夢ではなく現実なのか。

それとも死んだことが『夢』なのか。そんな長すぎる夢があるはずがないが、時が巻き戻ったということのほうが『夢』らしいといえるものである。

この先、前世で自分が体験した出来事が起こっていけば、過去に回帰したと信じることができるようになるかもしれない。なんにせよ、もう罪のない人を殺すような状況には陥りたくない。

ソードマスターとして覚醒すれば、白騎士と崇められるリュシオンと同等の立場となるに違いない。自ら未来を切り開いていくにはやはり、剣の腕を磨くしかない。なぜ回帰したかはまるでわからないが、こうして二度目の人生を歩むことができるようになったのだから、前世で犯した過ちは二度と繰り返すまい。

よし、と拳を握り締めたルカの脳裏に、リュシオンの顔が浮かぶ。

前世でアンドレアが果たしていた役割を、今世ではリュシオンが担っている気がする。

彼に気を許すわけにはいかない、とルカは一人頷いた。それこそ『同じ過ちを繰り返さない』ためにルカは、自分以外の誰一人として信用すまいと心を決めたのだった。

ソードマスターになるためにはリュシオンの協力が必要になろうが、師と仰ぎはしても心から信頼はしない。ソードマスターとして覚醒できたらすぐにも彼のもとを離れ、一人で生きていく術を考えよう。

せっかく人生をやり直す機会を得たのだ。後悔なく生きたい。人を不幸にすることなく、そして己の所業に恥じることなく、堂々と生きていきたい。幸せになりたいという希望もあるが、さすがにそれは贅沢《ぜいたく》だと思うので、そこまでは願えないけれども、とルカはまたも一人大きく頷いた。

入浴している間にメイドが部屋の掃除を終えてくれていたらしくすぐに寝られるように整えられたベッドに横たわる。日に干されたシーツのにおいに包まれ、ルカは自然と微笑んでいた。

寝心地のいい、上等なベッドに横たわる経験は『前世』ではあったが『今世』では初めてのはずだった。母と二人、押し込められるようにして生きてきた離れのベッドは背中が痛くなるほど硬く、安眠できた試しがなかった。温かな湯をふんだんにつかっての入浴も未体験だった。食事もまともなものは食べたことがない――『今世』では。

前世では贅沢をさせてもらった経験はあったが、後ろめたさは常に感じていた。いくら『当然』と言われても、分不相応と思っていた。

しかし今はあまりそんな感情が湧いてこないのはなぜなのだろう。押し寄せる睡魔に意識を奪われそうになりながら、ルカはふとそんなことを考えた。

二度目の人生ゆえ、贅沢には多少慣れているからか。それともリュシオンの部屋も、そして自分用に用意されたこの部屋も、華美な装飾がないからか。上質であることは間違いないが、わかりやすく『贅沢』な見た目ではない。それゆえだろうか。それとも、と途切れそうになる思考をなんとか繋いでいたルカの頭にまた、リュシオンの無表情といっていい顔が浮かんだ。

彼が恩着せがましくないからかもしれない。

アンドレアは何かというと『君のため』という単語を繰り返した。その言葉を聞くたびにルカの胸には、自分などに勿体無《もったいな》いという感情が芽生え、それが負い目となっていたように思う。

リュシオンの自分に対する態度は、実に淡々としている。親切な扱いを受けているはずなのに、そう感じさせないのは彼のあの態度にあるのかもしれない。

となると彼なりに気を遣っているということなのか。しかし気を遣うだろうか。天下の白騎士が。国で唯一のソードマスターが一介の騎士志望の少年に、なぜ気を遣う?

「…………」

眠気がピークに達し、思考がままならなくなってきたルカの耳に、リュシオンの淡々とした声が蘇る。

『ソードマスターになること。それ以外にお前に求めることはないから安心しろ』

ソードマスター育成。彼にとってそれが唯一無二の目標なのだろうか。自分にその可能性があったから手を差し伸べた。逆に言えば自分でなくても、彼の目にその可能性ありと映りさえすれば、この場に連れて来られたと、そういうことではないか。

だとしたら気が楽だ。いや、楽ではないのか。ソードマスターになれないとわかったら追い出されかねないのだから。そうならないよう、頑張らねば。眠り込みそうになりながらも、うん、と頷いたルカの傷の残る頬にはやはり笑みがあった。

前世では無縁だった『安堵《あんど》』という感情がルカの胸に満ちている。十四歳までの人生でもルカは心から安堵したことがなかった。物心がついた頃から、病弱な母を庇《かば》い生きてきた彼は誰に対しても何に対しても常に気を張ってきたのである。

眠りにつきながら微笑むなど、今までのルカにはあり得ないことだった。安堵も、そして幸福も、ルカには無縁のもので、体験したことがない感情をルカがそれと理解することはなかった。

眠り込んでしまったルカは、ドアが開いたことに気づかなかった。リュシオンが夕食に誘うためにドアを開いたのだが、ルカが眠り込んでいるのを見ると、揺り起こすことはせず、暫く寝顔を見下ろしていた。

「……ルカ……」

聞こえないような声でリュシオンがルカの名を呼ぶ。その表情が苦渋に満ちていることに、当然ながら熟睡しているルカは気づくはずもなかった。

3

その日からルカの新しい生活が始まった。リュシオンが告げたとおり、ソードマスターになるための修業は血反吐を吐くほど壮絶なものだった。まずは身体を作れと言われ、三度の食事は強制的にリュシオンと共にとらされた。

「食べられません……こんなに」

それまでまともな食事をとってこなかったルカには、リュシオンと同じ量の食事は多すぎた。胃もたれで胸が悪くなるのと同時に、食後はすぐに訓練が始まるのがまたつらく、食事の量を減らしてほしいと懇願するのだが、リュシオンは決して聞き入れなかった。

訓練といいつつ、ルカは剣に触れることすら許されず、ひたすら走り込みの日々が続いた。白騎士団の騎士たちと訓練場所は同じだったが、彼らとの接触はほとんどなく、ルカはただ訓練場の中を一日中走るだけだった。

リュシオンがルカの才能を見出し、側に置いて訓練をさせているという話は、白騎士団内では有名だった。

ルカがまだ十四歳の少年であり、身体つきも貧相だったので、『未来のソードマスター』

という目で見られることはなかった。が、頬の傷のおかげで、お稚児《ちご》さん扱いされることもなかった。

リュシオンと食事を共にしていることや、彼の続き部屋に住んでいることを羨ましがる騎士は多かったが、だからといって彼を表立って攻撃する人間はいなかった。リュシオンの目が光っていることもあったが、リュシオンを長とする白騎士団の面々は騎士の矜持《きょうじ》から、目下の人間を苛《いじ》めるようなことはしないのだった。

半年の間、走らされてばかりいたルカだが、次に彼を待ち受けていたのは木刀を用いての素振りだった。初回にリュシオンが型を教えてくれたが一度だけで、あとはまた一人だけで黙々と木刀を振る日々が続いた。

とはいえ完全に放置されているわけではなく、素振りの型が崩れていないかの確認はリュシオンは行ってくれた。

食事ももう、ルカ単独でも年齢に見合った量をとれるようになっていたが、それでも共に食べるという習慣は続いていた。

剣術について以外の会話はなく、食事の席は毎回、終始無言の時間が続いた。ルカは何度か、ちゃんと食べるから一人でも大丈夫だと申し出たのだが、そのたびにリュシオンは、

「二人とも食事をとる必要があるのだから　食卓を別にすることはない」

と、あくまでも一緒に食べることに拘《こだわ》った。

ルカにはその理由がまるでわからなかった。メイドから、ルカが来るまではリュシオンは一人で食事をとっていたと聞いたこともあり、会話もないのに二人で食べる意味がどこにあるのか、少しも理解できなかった。

本人に問うてみたいが、共に食事をとるようになって半年が過ぎた今でもほぼ会話がないため、二人の関係は少しも進展しておらず、ルカはリュシオンのことを何も知らないままであり、リュシオンもまた、ルカのことを理解しているとは思えなかった。二人はまったく打ち解けていなかったのである。

そんな関係であるので、踏み込んだ会話などできようはずもなく、結局は共に食事を続けている。

訓練――というより修業という表現がぴったりの肉体を極限まで苛め抜く時間以外は食事と入浴、それに睡眠のみでルカの一日は終わり、他の騎士たちには与えられている週に一日の休日すら彼には許されていなかった。

休日の訓練にはリュシオンが立ち会っていた。素振りの型を見てくれるのもこの時間で、リュシオンは黙々と木刀を振り続けるルカの姿を少し離れたところから無言でじっと見つめており、フォームが崩れると声をかけてはきたが、それ以外に口を開くことはなかった。

そんな毎日を送っているため、間もなく一年が経とうとしている今であっても、自室と訓練場以外、ルカが足を踏み入れる場所はほぼないという状態だった。顔を合わせるのもリュシオンと彼付のメイド、そして白騎士団の騎士たちのみという状態だった。

一年が経ってようやく剣を持つことが許され、ルカの日々の訓練は騎士たちと合流することになった。

「ルカ、踏み込みが甘いぞ」

「闇雲に突っ込めばいいってものじゃないって」

走り込みや素振りしかさせてもらえなかったことに一言の文句も言わず、黙々とこなしていた彼の姿を近くで見ていた騎士たちは、ルカに対して好意的だった。白騎士団は剣の実力だけでなく人柄もまた、他の騎士団の追随を許さない優れた騎士たちの集まりであり、人格者揃いの彼らはたゆまぬ努力を続けるルカに一目置くようになっていたのだった。

白騎士団は皆、帝国の中でも屈指の剣士の集まりだったが、そんな彼らであっても一人としてソードマスターになりたいという希望を抱いている人間はいなかった。

「ソードマスターになりたいのか？　お前は」

気のいい彼らは、年下のルカがいつもぽつんと一人でいるのを見かねたらしく、休憩時間になるとルカを囲み、話しかけてくるようになった。

「……よくわからないんです。なれるとは思えなくて」

自分に対して悪意のない相手との会話は、ルカにとって新鮮だった。最初のうちは上手《うま》く会話が繋がらず、互いに気まずい思いもしたが、騎士たちは実に辛抱強くルカに話しかけ続けてくれ、最近ようやく話が続くようになってきた。

「まあなあ。自分が望めばなれるってもんじゃないからな。ソードマスターは」

「そうだよ。生きている間に会えるか会えないかという存在だからな。我々は運がいい。団長というソードマスターに出会えたから」

「これでもし、ルカもソードマスターになったら、生きているうちに二人のソードマスターに出会えるんだからな。運がいいどころじゃない」

「……本気で言ってないですよね、アーサーさん」

アーサーというのは、ルカが配属された小隊の小隊長だった。騎士たちの中でも特に面倒見がよく、ルカにもよく話しかけてくれるため、最初に打ち解けることができた。

「本気だよ、俺は。団長が本気だと知っているからな」

「本気……なんですかね、団長は」

自分よりも数段、実力が上の騎士たちと共に稽古をするようになり、ルカは自分がソードマスターになれるとは逆に思えなくなっていた。彼らが願望すら抱くことのないソードマスターに、実力では到底かなわない自分がなれるだろうかと、より疑問を覚えるようになったのだ。

「本気じゃなかったらお前を側に置いて訓練させようなんて思わないだろう。今までそんなことは一度もなかったからな」

「最初は何事かと思ったけどな。でもよかったじゃないか。あのまま一生走り込みじゃなくてさ」

アーサーの横から笑いかけてきたロビンもまた、ルカに目をかけてくれ親しく声を掛けてくれる一人だった。

「ソードマスターになれるかどうかはともかく、実力はめきめき上がってる。今は見習い扱いだが、すぐ正式な騎士になれるだろう」

二十代半ばのロビンには年の離れた弟がいるそうで、ルカのことを弟のように思ってくれているようだった。

「ありがとうございます」

「かたっくるしいなあ。いい加減、打ち解けてくれよ」

残念そうな顔になるロビンをアーサーが小突く。

「お前はもう少し堅苦しいほうがいい。白騎士団の品位を損ないかねないからな」

「ひでえな。俺のどこが品位を損なってるっていうんだよ」

「口調だ口調」

二人のやりとりに、周りの騎士が笑う。ルカもまた笑ってしまいながら、こんな平和な日が流れていたのかと、前世を思い出していた。

来週、ルカは十五歳になる。前世では十五歳になったときに、初めて人を殺した。

アンドレアの指示で、どこの誰ということも知らされなかった。

『あの男は僕を亡き者にしようとしているんだ。お願いだ、ルカ、彼が僕を殺すより前に、お前が彼を殺してくれ』

アンドレアの瞳にはうっすら涙が滲《にじ》んでいた。

『僕は生きていくことすら許されないのだろうか』

恐れと絶望に打ちひしがれている彼を救いたい。その思いだけでルカは剣を振るった。正式に剣術を習ったことはなく、手合わせもアンドレアとしかしたことはなかったが、実際に人を殺《あや》めたときにはあまりのあっけなさに戸惑いすら覚えた。人の命を奪うことに対する罪の意識より、アンドレアの感謝に心が躍った。自分が『罪』を重ねていると気づくのは数十人殺したあとのことだった。

倫理観が歪んでいたのだ。自覚はまったくなかったが、と暫し、一人の思考の世界にはまっていたルカは、アーサーに話しかけられはっと我に返った。

「ルカ、そろそろ叙任の儀式がある。団長にぬかりがあるはずがないから、お前も心づもりをしておいたほうがいいぞ」

「何も言われていないので、まだ早いとお思いなのではないかと」

叙任の儀式については、ルカも正直、気にしていた。騎士たちからも、実力については申し分ないのでそろそろ正式に入団が認められるのではと言われていたし、ルカ自身も白騎士団の一人として、リュシオン団長のもと、帝国の役に立ちたいと願っていた。

ソードマスターになれるか否かより、騎士になれるかどうかが、今のルカにとっては重要事項だった。リュシオンに聞いてみればいいのだろうが、相変わらず彼との間に会話らしい会話を交わすことはできずにいた。

「俺からも聞いておくよ。万一、今年叙任されなくても、まだ、十五歳だろう？　焦ることはないからな」

「そうそう、おまえが団長の秘蔵っ子であることは皆、わかってる。実力を兼ね備えていることも勿論な。若くして騎士になったとしても誰も何も言わないが、なれなくても、まあ当然だから。何も気にすることないぞ」

ロビンもまたフォローとしか思えないことを言い、頷いてみせる。

「ありがとうございます」

「だから堅苦しいって」

ロビンが大きな手でルカの背をどやす。

「だから、人それぞれだって言ってるだろうが」

今度はアーサーがロビンの背をどやしつけ、それを見て皆が笑う。ルカもまた笑いながら、今夜の夕食時、リュシオンに聞いてみようと心を決めていた。

リュシオンは騎士団の騎士たちに対しても、ルカに対するときと同じく、淡々と接していた。感情の起伏など少しも感じられないが、騎士たちに気にした様子はなかった。

ソードマスターは常人とは違う。それですべては納得されているようだった。騎士たちとの交流が深まるにつれ、ルカもリュシオンとの間に会話が成立しないことを気にしなくなっていた。自分だけではないとわかったからである。

その日の夕食時、叙任式のことを問おうとしたルカだったが、それを見越していたかのように珍しくリュシオンから話題を振ってきた。

「ルカ、騎士たちとの訓練はどうだ？」

「どう、というのは……？」

どのような種類の答えを求められているのかがわからず、ルカはリュシオンに問い返した。

「楽しいか」

リュシオンが淡々とまた返す。

「はい……あ」

頷いたあと、思わず声を漏らしたのは、訓練が『楽しい』ではまずいのではと答えてから思いついたからだった。

「…………」

と、リュシオンが少し驚いたように目を見開き、ルカを見たあと、ふっと笑う。

「……っ」

リュシオンが微笑むことなど滅多にない。何が彼を笑わせたのかわからないながらも、思わぬ笑顔に衝撃を受け、ルカは息を呑んだ。その反応を見てリュシオンは小さく咳払いをすると、再び無表情に戻り、口を開いた。

「『楽しいか』と聞いたのは私だ。楽しいのならよかった」

「……はい。その……」

何がよかったのか、説明を求めたかったが、きっかけが摑めず口ごもる。

「騎士団は連帯感が重要となる。それ以前に、人間は一人では生きてはいけないからな。たとえソードマスターであっても」

と、リュシオンがいつになく熱っぽい口調でそう言い、ルカを見つめる。

「……一人では……」

今までリュシオンとの間では、剣術の話題以外、会話は成立しなかった。人としてというのは意外だなと思ったときには、ルカはつい、彼に問いかけていた。

「団長も……ということですか?」

『たとえソードマスターであっても』というのは自身のことを言ったのだろうと、ルカはそう解釈したのだった。とはいえ、ルカの目にはリュシオンは、それこそ一人で生きているように見えるために、確認したくなってしまったのだ。

「私か？」

リュシオンが少し戸惑った顔で問い返してくる。

「あ……すみません」

即答されなかったことで、問うてはならない質問だったかと、ルカは慌てて取り下げようとした。が、それより前にリュシオンが話し出す。

「……そうだな。私もこれからはそうなるな」

「？　『これから』？」

今までは違ったというのか。なぜ？　今度はルカが戸惑う番で、問い返すとリュシオンは、なんでもない、というように首を横に振った。

「いや、勿論私もだ。誤った選択をしたとき正してくれる存在がいるかいないかでは、まるで人生が違ってくるからな」

「……はい……」

誤った選択――まさに前世の自分がそうだった、とルカは心の中で呟いた。

前世でルカは一人ではなく、常にアンドレアと共にいた。アンドレア以外の人間と接点があれば、彼の本質について気づくきっかけとなったかもしれない。

それこそ前世にリュシオンと付き合いがあれば、とルカは思わずリュシオンを見やった。

リュシオンもまたルカを見る。

白騎士、リュシオンには気をつけろ。決して接触してはならない。ソードマスターだから。

アンドレアがそんな風に言った相手はリュシオンただ一人だった。

幸い——といっていいのか、不運にも、と言うべきか、第二皇子宮の地下に住み、夜遅くに、しかも人を殺めるためにのみ出歩くルカが、リュシオンと顔を合わせる機会は皆無だった。

ソードマスターと剣を交えた経験はない。噂にしか聞いていないので、伝説上の存在かと思っていたが、今世では実際、その実力を己の目で見ることができた。

訓練の初日、リュシオンはルカの前で『剣聖』としての実力を見せてくれた。構えた聖剣から青みを帯びた銀色の焔《ほむら》が立ち上り、その場の空気が一気に凍り付く。異空間に放り込まれたような錯覚を覚え、身動きをとることができなくなった。

これがソードマスターの実力。オーラを使いこなすことなど、果たして自分にできるのか。

震える足を踏みしめながらルカは、リュシオンへの尊敬の念を高め、彼のもとで修業を積む決意を新たに固めたのだった。

だからこそ、半年間、走り込みのみという言いつけにも、その後のひたすら素振りを続けるという修業にも耐えられた。

前世では師匠はおらず、独力で強くなった。が、独力だけに限界はあった。今の自分の実力は前世の、同じ年齢のときとどちらが上だろう。前世ではもう人を殺していた。今、自分は人を斬れるか。

どうだろう、と考え込んでいたルカにリュシオンが話しかけてくる。

「明日からは私との稽古の時間を設けることにしよう。場所は私の訓練場。騎士団の訓練が終わったあとに」

「わかりました！」

思わずルカの声が弾む。ソードマスター自ら対峙《たいじ》してくれる。自分が果たしてソードマスターになれるかはわからない。が、何がなんでも食らいつき、オーラを操ってみせる。

心浮き立つまま、食事を終えたルカは、一人になってようやく、騎士の叙任について聞くのを忘れたと気づいた。

これからリュシオンによる指導が始まるとなると、叙任どころではなくなるのだろうか。

今までも充分、『血反吐を吐くような』苦しさではあったが、凌駕《りょうが》する厳しさであることは想像に難くない。頑張るのみだと心を決めたルカだったが、翌日から始まった訓練はそんなルカの覚悟を遙《はる》かに超えるものだった。

通常の訓練も充分、肉体的にはかなりの負担を覚えるものなのだが、疲れ果てた身体をリュシオンは容赦なく木刀で叩《たた》きのめした。

立ち上がる隙を与えず、あらゆる方向から木刀が振り下ろされる。初日はほんの僅かな時間しか立っていることができず、訓練の終わりを待たずにルカは気を失ってしまった。

ルカが目覚めたのは自室で、薄暗い室内で薄らと目を開いた彼は、枕元に立つ人影に気づき、誰だろう、と目を凝らした。

「目が覚めたか」

暗さに目が慣れず、顔が見えない。が、聞き慣れた声でリュシオンとわかった。

「……すみません、ここまで運んでいただいたんですね」

起き上がろうとしたのを、リュシオンが制する。覆い被《かぶ》さってきた彼の銀色の髪がさらりと頬に落ちる。いい香りがする、と自然と目を閉じていたルカは自分でも気づかぬうちに微笑んでいた。

「ルカ」

名を呼ばれたので目を開こうとしたが、瞼《まぶた》は持ち上がらなかった。睡魔がルカの意識を深遠の闇の中へと引《ひ》き摺《ず》り込《こ》み、何も考えられなくなる。

「……ルカ……」

優しい声音でまた、名を呼ばれた気がした。

温かく、甘やかな――愛を感じさせるその声が前世の記憶を呼び起こす。

『ルカ。私にはおまえしかいない』

『私はお前を愛してる』

『愛しているよ……私のルカ』

『愛』という言葉をルカに教えてくれたのがアンドレアだった。生まれて初めて抱く感情に、ルカは有頂天となった。幸福というのはこういう状態をいうのだと確信した。それが偽りの言葉であると知るまでは——意識のないルカの眉間には縦皺《たてじわ》が刻まれていたが、冷たい指先が優しくそこを撫《な》でてくれたので強張《こわば》る表情が解けていく。

『ルカ……大丈夫だ』

少し悲しげな声がルカの耳に届く。アンドレアの声ではない。彼の声は優しげではあったが、気持ちはこもっていなかった。

そう、『優しい』ではなく『優しげ』だった。だが今の心強い声音には、自分に対する温かな気持ちが感じられた。

誰なのだろう。安堵と幸福を感じさせるこの声の主は——。

既に眠りの世界に引き込まれていたルカの髪を優しく梳《す》き上げる指先の感触に、ルカの頬には笑みが広がっていく。

優しい指は続いてルカの頬に刻まれた傷を撫でた。くすぐったい。くす、とルカが笑うと、指先の動きは、ぴた、と止まり、続いて頬を掌《てのひら》で包まれる。

ルカ、可愛《かわい》い私の子——。

記憶にも残っていない幼子の頃、頬を両手で包み、額にキスを落としてくれた。そんな懐かしい母親の腕に似た感触に包まれながらルカは、幸福な気持ちで眠りについたのだった。

その日以降も、厳しいリュシオンの指導は続いた。どうやら彼は自分を極限状態へと追い込もうとしているとわかってからは、ルカ自身もそこを目指すのだが、なかなか覚醒には至らなかった。

さすがといおうか、リュシオンは徹底的にルカを痛めつけはするのだが、翌日の騎士団の訓練に影響することのないよう手加減を加えてくれていた。ルカが予想したとおり、騎士の叙任対象として彼が選ばれることはなかった。

騎士になれるかどうかより、ルカにとって重要なのは覚醒できるかどうかだった。

「焦る必要はない」

訓練の終わりにリュシオンは必ずその言葉をルカに告げた。

「一朝一夕で覚醒できるものではない。お前は必ず覚醒する。それは間違いない」

どうして断言できるのだろうとルカは疑問を覚えた。未来が見えているとしか思えないほど、きっぱりとリュシオンは言い切っている。

『未来』を知っているのはルカ本人だったが、将来の自分はソードマスターにはなっていなかった。滅多なことでは負けない実力はあったが、オーラを操るなどということは考えたこともなかった。

オーラ。あの凄《すさ》まじい銀色の光。ソードマスターなど伝説にすぎないと思っていた。まさかこの目で実際見る日が来ようとは。

そしてその『伝説』が自分の身にも起るという。どうにも信じられないが、リュシオンが嘘をつく理由もない。

ソードマスターになったあと、どんな未来が自分の前に開けてくるのか。まったく想像もつかなかった。少なくとも前世とはまるで違う未来を迎えることができるはずだ。罪のない人を殺すこともなければ、最後に自分が殺されることもない。そういう未来を迎えたい。

十年、時が巻き戻ってから、一年が過ぎた。前世ではまだ何も起こっていない時期だ。アンドレアは野望を隠し、密かに爪を研いでいる時だ。

もしもあの日、リュシオンと出会うことがなければ——あのまま前世と同じく、少年たちに絡まれたところをアンドレアに救われたとしたら、また同じ運命を繰り返していたかもしれない。

接点がないので彼が今、何をしているかはわからない。回帰直後はできるかぎり接点を持たないようにと心がけていたが、『新しい人生』に落ち着いてきたので、探ってみるのはどうかという気になってきた。

自分の代わりの『剣』はもう手に入れたのだろうか。その『剣』は今、彼の宮の地下に住んでいるのだろうか。

彼が自分に目をつけたのは、入団試験を見たからか。貧しい身なりをした、誰も知り合いのいなさそうな少年。しかも剣の腕はまずまず。仕込めばものになりそうだと思ったのだろうか。

あのときリュシオンは、ルカに絡んできた少年たちは騎士団の受験者ではなさそうだと言っていた。家名もわかると言っていたが、結局あの少年たちはアンドレアの手の者だったのか。彼らを使ってアンドレアは自分を手に入れようとしたのか。その答えは、リュシオンに聞けばわかるだろうか。

わかったところであまり意味はないことだと、ルカは答えを求めるのをやめた。

結果として自分は彼とのかかわりを避けることができている。しかしもし彼が新たな『剣』を手に入れていたとしたら。前世と同じく皇帝になる野望を胸に、邪魔者を排斥しようとしていたら。それを見逃していいものだろうか。

今のうちに悪の芽は摘んでおいたほうがよいのでは。しかしもしも自分の体験した『前世』と今、自分が生きている『今世』がまったくの別物だったとしたら？

アンドレアは見た目どおりの気弱な第二皇子で、野望など欠片ほども持ち合わせていないとしたら。そもそも『前世』など自分の夢で、アンドレアの野望も単なる自分の思い込みだったら。

そのほうがまだ、現実味がある。自分が一度死んで過去に戻ってきたなど、時が過ぎるにつれ、あり得ないのではという思いのほうが強くなった。

しかし、『夢』とすることもできなかった。前世の出来事が実際に起これはそこで現実か夢かがわかる。だがそれを待っていていいものか。

ルカの思考は常に同じところでぐるぐると回り続ける。今はまだ、何も起こるべきときではない。しかし『そのとき』を待っていていいのだろうか。

『起こる』とわかっているというのに――。

前世で起こった未来を繰り返さないために何ができるのか。起こる時期まで待つのではなく、事前に動くことができれば未来を変えることもできるだろう。

それまでに自身の力を高めておく必要がある。ソードマスターになれていればより、心強いだろう。

そのために自分にできることは修業のみ。来るべき日に備えて、と、ルカの思考はいつもそこに落ち着く。努力を重ねることは彼にとっては苦にならない。前世のほうが――罪のない人を殺し続けた日々のほうがつらかった。

自分のため、そして人々のために、何にも負けない力を手に入れよう。

決意も新たにルカは、明日の修業へと思いを馳《は》せる。一日も早く覚醒したい。望んだところでままならないものだが、それでもルカは望まずにはいられなかった。

4

それから更に一年の歳月が流れた。ルカは未だ、ソードマスターとして覚醒はしていなかったが、剣の実力は白騎士団内でも屈指のものとなっていた。

十六歳になったルカはいよいよ、騎士として叙任を受けることになった。

「遅いくらいだよな」

「おめでとう、ルカ」

アーサーやロビンをはじめ、白騎士団の仲間は皆、ルカの叙任を我がことのように喜んでくれた。

皇帝直属の騎士団である白騎士団の叙任式には、皇太子である第一皇子、ヴィンセントが出席し、騎士になる者に刀礼を行うとのことだった。

前世では自分が殺した皇太子と、それまでルカは顔を合わせたことがなかった。皇太子の命を奪ったのは自分が二十三歳の頃、今から七年後のこととなる。隣国との外交に向かった皇太子の馬車を襲い、彼の命を奪った。そのとき白騎士団の騎士たちも多く手にかけた。誰と認識することはなかったがアーサーやロビンもいたかもしれないと思うと今更のようにルカの胸には罪悪感が満ちていた。

叙任式の前夜、未だにリュシオンと共に食事をとる習慣が続いていたルカは、その食事の席で珍しくリュシオンから剣術以外の話題を振られたのだった。

「もしや緊張しているのか？」

「え？　あ……はい」

緊張というよりは罪悪感に打ちひしがれていたのだが、それを告げるわけにはいかないと、ルカはリュシオンの勘違いをそのまま受け入れ、頷いた。

「今更だが、騎士になることに不満はないか？」

「え？」

またも戸惑いの声を上げてしまったのは、それこそ不満を抱いたことは一度もなかったからだった。

なぜそんなことを聞くのだろうと不思議に思った直後、もしや、と可能性に気づいて問い返す。

「団長がご不満なのですか？」

「馬鹿な。そんなはずはない」

今度はリュシオンが戸惑った顔になり、ルカに向かい即答した。

「ただ、今までおまえの望みを聞いた覚えがないことに気づいただけだ」

「望みは……ソードマスターになることです」

覚醒できない自分がもどかしい。ソードマスターになればどのような道も開けると言われていたが、もしも覚醒できたとしても、自分は騎士になる道を選ぶのではないかと、ルカはそう思うようになっていた。

白騎士団の騎士になれば、皇帝や皇太子を第二皇子から守ることができる。前世ではアンドレアに命を奪われたため、彼が皇帝になったあとの帝国がどのような状態となったかはわからない。だがまともな治世をするわけがないと、ルカは確信していた。

今、帝国は実に平和である。他国との関係も良好で戦争への不安もない。数年後に天候不良による飢饉《ききん》が起こるが、皇帝は皇族の穀物倉庫を民のために開放し飢饉を乗りきった。まさに名君であったその皇帝の命を奪ったのはルカではなかった。ルカが皇太子を暗殺して以降、皇族への警護が厳しくなり、近寄ることができなくなったのだ。

皇帝に毒を盛ったのはおそらくアンドレアだろう。皇太子より前にルカは、第三皇子のことも第一皇子同様、馬車の事故に見せかけて殺していた。五歳の皇女はそれより前に湖に沈めていたし、第四皇子も殺す手筈《てはず》は整っていた。

前世の自分と今世の自分は違う。なのに常に胸には罪悪感が満ちている。目を閉じると殺される直前の皇太子の顔が、湖に沈んでいく幼い皇女の顔が浮かんでくる。

驚愕に見開かれた青い瞳。輝く金色の髪。皇族の証《あか》しであるそれらを、アンドレアは心底憎んでいた。

だからこそ、五歳の皇女をも殺すよう、ルカに命じたのだろう。皇女がアンドレアの望む行為を脅かす危険はなかった。なぜ殺すのか。アンドレアに問うことはできなかった。前世ではルカはアンドレアに完全に支配され、彼が誤った選択をするはずがないと思い込まされていた。

いいように使われ、その挙げ句に殺されたわけだが、と、いつしか前世の記憶を呼び起こしていたルカは、リュシオンに話しかけられ我に返った。

「私がソードマスターとして覚醒したのは成人してからだった。焦る必要はない」

「……はい……ありがとうございます」

まだ成人まで二年ある。気遣いに感謝しながらルカは、ソードマスターについてもう少し聞いてみたくなり、リュシオンに問いを発してみた。

「覚醒はどういう状況で起ったのですか？」

同じ状況になれば自分も覚醒できるのではないか。そう考えたのだが、リュシオンの答えを聞いて、無理だと諦めたのだった。

「第一級の魔獣に囲まれたときだ」

「魔獣はもう……封印されて久しいですね……」

ルカが物心ついたときには既に、魔物はこの世界に存在しなかった。聖女が封印したというのは事実らしいが、ルカの世代では童話の世界の話となっていた。

「そうだな。二百年以上前に当時の聖女が封印した」

「二百年……あの、団長はおいくつなんですか？」

リュシオンが冗談を言うとは考えがたい。が、二百年前に生きていたというのは冗談としか思えない。

そうでなければ、彼自身が伝説なのか。白騎士は不老不死という噂を、ルカは前世では聞いていた。今世ではリュシオンの誰より近くにいるのに、リュシオンの年齢について、知る機会はなかった。会話をかわす相手も前世とは比べものにならないほど多くなったが、リュシオンが不老不死かどうかなどといった話題が出たことはなかった。

彼らにとってはリュシオンの年齢は『常識』だからか、はたまた避けるべき話題だからか、それはわからないが、それほど知りたいという願望を抱いていなかったので敢《あ》えて聞くことはなかった。

今の会話の流れでは聞けるのではと、ルカは判断し問うてみたのだが、リュシオンが答えたくないという素振りを見せれば深追いをする気はなかった。

興味がないというわけではない。リュシオンの意思を尊重したいと願ったからだ。なので問うてからルカは、

「言いたくなければ別にお答えにならなくても結構ですが」

と言葉を足した。

「別に隠すことではないが、正確な年齢は自分でもわからない。二百五十年は生きているのではないかと」

「二百……！」

さも、なんでもないことのように淡々と語っているが、驚くべき数字にルカは絶句した。

「私の母親が還俗した大聖女であることは知っているか？」

驚かれるのが意外だったかのような表情を一瞬浮かべたあと、リュシオンが静かな声音で問いかけてきた。

「本当だったのですか？」

今世では聞いたことがない。が、前世ではそんな噂を耳にしたことはあった。ルカの問いにリュシオンは、

「ああ。事実だ」

と頷き、話を続けた。

「私の神聖力は母譲りだ。聖女は還俗すると神聖力を失う。神聖力の程度にもよるが、力がある間は年をとる速度が人より随分と遅くなる。還俗すると――結婚をし、子供を産むと神聖力を失う。生まれた子供に遺伝することが多く、遺伝は女児に限られるはずだが、なぜか私は男なのに神聖力を引き継いだ。子供を産むことはないから神聖力が失われることもなく、

命が尽きることもないまま今まで生きてきた——というわけだ」

「……そうだったんですか……」

やはり伝説の世界だと、ルカは思わず溜め息を漏らした。

「私の母は大聖女だったので、神聖力もずば抜けていた。二百年前、魔獣を封印した大聖女は母の妹で、百年ほど前に還俗した。今の大聖女は叔母《おば》との血縁はない。彼女の神聖力もずば抜けている。歴代最高といってもいいだろう。大聖女の結界のおかげで帝国の平和は守られている」

「大聖女も伝説の中の存在かと思っていました。実在しているのですね……」

「『伝説』にしておいたほうが悪用しようとする人間避けになる。今までの皇帝は人格者揃いだったが、治世者によっては己の欲を満たすために利用しかねないから」

「…………」

ルカの脳裏にアンドレアの顔が浮かぶ。

「大きすぎる力は『信仰』に留《とど》めておいたほうがいい」

「……そうですね……」

神聖力の最たるものは治癒の力だが、聖女の祈りで劇的に快復したといった話は聞いたことがない。言い方は悪いが『気休め』程度だと思っていただけに、二年前、リュシオンが己の頬に痛みもなく傷をつけたのを目の当たりにし、驚いた。

それにしてもリュシオンが大聖女の子供で、それゆえ不老不死であるなど、本人から聞いたのでなければ到底信じられなかった、とルカは改めてリュシオンを見やった。リュシオンもまた、ルカを見返してくる。

「騎士となれば主君を持つことになる。皇室に忠誠を誓うことに躊躇いはあるか?」

「いえ……特には」

そうか、とルカは『騎士になる』とはそういうことかと、改めて認識し、そんな自分に呆《あき》れていた。

主君を持つ——前世ではルカは騎士ではなかったが『主君』はいた。アンドレアである。

主君の命令は絶対となる。もし今世でも無体なことを強要されたら——自然と身震いしてしまっていたルカは、リュシオンに、

「大丈夫か」

と問われ、彼へと視線を向けた。

「はい。大丈夫です」

「主君を持つのに少しでも躊躇いがあるのなら、無理にとはいわない。叙任式は来年も再来年もあるのだから。騎士にならないという選択も勿論ありだ」

「いえ、本当に大丈夫です。騎士になります。なりたいです」

アンドレアの魔の手からヴィンセントをはじめ皇帝一家を守るためにも、ときっぱり頷い

たルカにリュシオンは何かを言いかけたが、やがて、

「そうか」

と頷いた。暫しの沈黙が二人の間に流れる。

「……明日の式典に臨むのに、お前の制服を用意した。ベッドに置いてある。サイズがあわないことはないはずだが、不満があったら言ってくれ」

「不満など。あるはずがありません」

「いや、サイズがあわなかったら不満だろう」

リュシオンが苦笑する。彼の笑顔など、珍しすぎるとルカはつい、まじまじとその顔を見やってしまった。視線に気づき、リュシオンが軽く咳払いをして目を伏せる。

「明日の段取りはわかっているな？」

「はい」

「今日は早く休むように」

「わかりました」

短い会話のあとはまた沈黙が流れたが、いつもと同じであるのでルカが気まずさを感じることはなかった。今日のようにリュシオンが長く話してくれるほうが珍しく、戸惑いを覚える。しかし戸惑いはしたが決して不快でも、居心地が悪いわけでもない。なんというか――胸の奥がじんわりと温かくなる、そんな感覚は、ルカにとってはなんとも心地よかった。

騎士になったらこんな時間が増えるのだろうか。それとも減るのだろうか。一人前の騎士となったのだから、独り立ちすべきか。そう思いついたとき、それまで温かかった胸に一陣の冷風が吹き込む思いがした。

この気持ちはなんなのか。体感したことがなかったため、ルカは一人首を傾げた。

「どうした？」

自然と胸のあたりに手をやってしまっていたからだろう、不調を感じていると思われたらしくリュシオンが眉を顰《ひそ》め問うてくる。

「いえ、なんでもありません」

そう。なんでもない。少し寂しく感じただけだ、と慌てて首を横に振ったルカは『寂しい』という単語に驚き、その場で固まってしまった。

「ルカ？」

「あ、いえ。本当になんでもありません」

リュシオンの側を離れるのを自分は寂しく感じている。そのことにルカは驚いていた。住み心地はよかった。それを惜しんでいるのとは違うのが、自分でもわかる。

ほぼ会話のない食事の時間がなくなることにどんな影響があるというのか。剣の稽古はつけてもらえるだろうし、何より騎士団の一員となれば共に過ごす時間は増えるくらいだろう。側仕えということで隣の部屋に住まわせてもらってはいたが、生活面でのリュシオンの世話は彼付のメイドが担当し、ルカのやることは何もなかった。メイドすらさほどの世話は焼いていなかったが、それはともかく、騎士になれば側仕えの任は解かれるだろう。

聞いておいたほうがいいだろうかとルカは、未だ自分を見つめていたリュシオンへと視線を戻し、おそるおそる問いかけた。

「あの……私はここを出ることになるのでしょうか」

「なぜだ」

リュシオンが不思議そうに問いかけてくる。

「騎士のみなさんはそれぞれ宿舎に部屋をお持ちなので、もしかして、と……」

問いながらルカは、答えを聞くのが怖くなり俯いた。そんな自分の感情もよくわからない、と混乱していた彼の耳に、相変わらず淡々としたリュシオンの声が響く。

「ここを出たいのか？」

「いえっ」

希望しているわけではない。ルカは自分でも驚くほどの勢いで顔を上げ、即答した。

「……っ」

その勢いに驚いたのか、リュシオンがまたも珍しく目を見開き、ルカを見る。

「いえ、その……」

羞恥《しゅうち》に見舞われ、ルカは慌てて顔を伏せた。頬に血が上ってくるのがわかり、いたたまれない思いとなる。

「特に希望がないのなら、覚醒するまでは私の近くにいるといい」

「はい。ありがとうございます」

受け入れてもらえたことへの安堵と共に温かな気持ちが再び胸に広がる。なぜか泣きたいような思いが込み上げてくることにますます戸惑いを覚えながらルカは、明日からも今までの毎日が続くことへの喜びを一人噛み締めていた。


叙任式は皇太子宮で行われたのだが、ルカが想像していた以上に荘厳なものだった。叙任を受ける騎士はルカを含め五名で、皆が皆、新品の制服とマントに身を包み、最前列に並んで皇太子の刀礼を待つ。

一人ずつ名を呼ばれ、一歩を踏み出すと皇太子の前に跪《ひざまず》く。ルカの順番は最後だったが、男爵家の姓は名乗りたくないという希望をリュシオンが聞き入れてくれ、

「ルカ」

と名のみで呼ばれた。

「姓はないのだね」

皇太子が少し驚いた顔になったのは、白騎士団に平民出身の者が今までいなかったためと思われた。

「はい」

ヴィンセントを前にすると、彼を殺したときのことをどうしても思い出してしまい、顔を上げることが躊躇われた。礼儀としては正しいので見咎《みとが》められることはなかったが、続くヴィンセントの言葉を受け、顔を上げざるを得なくなった。

「さぞ努力をしたのだろう。顔を見せてくれるか？」

「は、はい」

深みのある柔らかい声音は、義弟であるアンドレアと少し似ている気がした。しかし口調にはアンドレアに常に滲んでいた卑屈さが微塵《みじん》も感じられない。

絶対的君主。その単語がルカの頭に浮かぶ。生まれたときから君主となるべく育てられてきたのだろう。それに相応《ふさわ》しい中身の持ち主であっただろうにと前世の己の行動を今更のように悔やみつつ、ルカは顔を上げた。

「なんと痛々しい。訓練のときについたのか？」

ルカの頬の傷を見て、ヴィンセントが痛ましげな顔になり問いかけてくる。

「はい」

「傷がなければさぞ美しいであろうに。リュシオン、なぜ治癒をしない？　そなたならこのような傷、あとかたもなく消せるのではないか？」

ヴィンセントの声音に批難が交じる。

「神聖力は何も皇族だけのものではない。そなたの部下であれば尚更治癒せぬ理由はないではないか」

「おそれながら殿下、ルカはソードマスターとなる素質があります。修業に美貌は妨げにこそなれ、役立つことは何一つありませんので」

相手が皇太子であってもリュシオンの態度が変わらないのを目の当たりにし、ルカは心の中で驚いていた。ソードマスターにして神聖力を持つ彼だからこそ許されるのだろうと思っていたのだが、やがて皇太子側にもその理由があることがわかってきた。

「ん？　ああ、なるほど。これだけ綺麗な子なら老若男女を問わず、ちょっかいをかけられると、そういうことか。身分の高い相手だと拒絶も難しくなるしな」

ヴィンセントが納得した顔になったあと、リュシオンに問いかける。

「体験からか？　私の祖父が畏れ多くもソードマスターのそなたに求愛したそうだしな」

「昔の話ですし、前皇帝は礼節から外れたことはなさいませんでした」

淡々と答えたあとリュシオンは厳しい眼差《まなざ》しをヴィンセントに向けた。

「誰に聞かれるかわからない場所でする話ではありませんね」

「充分有名な話じゃないか。白騎士団の中で知らないのは今日叙任した新人騎士くらいだろ

う」

　気づけば随分とくだけた口調になっていたヴィンセントが、悪戯《いたずら》っぽく笑い、ルカへと視線を向けてくる。

「安心してくれていい。私も祖父と同じく、礼節を重んじる男だ。間違っても無理強いすることはないし、君がソードマスターになるのを全力で応援する。そうだ、リュシオン、ルカを私の剣術の指南にするというのはどうだ？」

「えっ？」

　思わず声を漏らしたあと、冗談かと気づきルカは俯いた。

「剣術はお嫌いでしたよね？」

　リュシオンは相変わらず淡々と返していたが、珍しいことに彼の眉間には縦皺が刻まれていた。

「嫌いというよりは苦手なんだ。平和な世でよかったよ」

　肩を竦《すく》めてみせたあと、ヴィンセントがルカに笑いかける。

「人に教えることで、新しい発見があるかもしれないよ。帝国で私よりも身分が上なのは皇帝のみ。私が風除けになってあげるよ。風というより、虫避け？　かな？」

　いい考えだとは思わないか？　とヴィンセントがリュシオンに問う。リュシオンは暫しヴィンセントを見つめていたが、溜め息を漏らしたあと口を開いた。

「単なる気まぐれではないですか？　殿下は飽き性ですから」

「不敬だぞ」

リュシオンに返した言葉はきつかったが、ヴィンセントは笑っていた。

「それなら私が飽きるまでということでお願いするよ。どうだ？」

「拒否権があるかのような仰りようですね」

リュシオンは見るからに不機嫌だったが、ヴィンセントはまったく気にしていないようにルカの目には見てとれた。帝国で唯一の存在であるソードマスターではあるが、同時にリュシオンは臣下でもあった。皇室に忠誠を誓っているリュシオンにとっては、皇太子であるヴィンセントは主君となる。ヴィンセントのほうでもリュシオンを家臣と認識しているので、お互いの上下関係を表す態度となるのだろう。

しかしギスギスした空気にはまるでならず、リュシオンは淡々としているがヴィンセントは実に楽しげである。

「決まりだ。日程の調整はリュシオン、そなたに任せる。場所は私の宮の練習場としよう。ああ、そうだ。早朝にして、稽古のあと共に朝食をとることにしよう。それで頼む」

にっこりとヴィンセントがリュシオンにそう命じたあと、見るとはなしにその様子を眺めていたルカへと視線を向ける。

「よろしく、ルカ」

「こ、光栄です」

正直なところを言えば、少しも『光栄』ではなく、面倒なことになったとしか思えなかった。しかしそれを言葉にも態度にも出すわけにはいかないと、ルカは神妙に頭を下げた。

その後、解散となったが宿舎に戻るとルカはすぐ、騎士たちに取り囲まれた。

「よかったな、ルカ」

アーサーの横からロビンもまた、笑顔でルカの背を叩いてくれた。

「ヴィンセント殿下の思いやりだよ。白騎士団は、まあ自分で言うことじゃないが、エリート集団と呼ばれている。自分の子供をなんとしてでも入れたい家も多い。平民出身ということでお前が嫌がらせを受けることがないよう、自分の師範にしたんだろうよ」

「……そういうことだったんですね」

どうしていきなり指名されたのかと驚いていたが、まさかそんな気遣いをされていたとは、と、ルカは愕然としていた。

「ああ。おそらくな。ヴィンセント殿下は何事にも聡《さと》い上、思いやりに溢れたお優しい方だ。今の皇帝陛下とよく似ておられる」

大きくアーサーが頷くのを前にルカの胸は密かに痛んでいた。

そんな素晴らしい皇帝と皇太子をアンドレアと自分は前世で殺した。アンドレアを皇位につけるために。

アンドレアはいつも悲しげな顔でルカに訴えていた。

『父上もヴィンセントも、僕を蔑んでいるんだ。二人の冷たい眼差しを浴びるのがつらい。二人とも、僕がこの世に存在していることすら許せないと、そう思っているんだ』

アンドレアの言葉を疑ったことはなかった。皇帝とも皇太子とも直接顔を合わせる機会はなかったし、疑う理由がなかった。アンドレアのもとに身を寄せて以降、彼以外の人間との接触はなかったので、皇帝や皇太子が人非人《にんぴにん》であると思い込んでいた。

皇帝の評判も皇太子の評判もこうもいいものだったとは。皇帝直属である白騎士団の言葉だけに、本人たちを知らないということはないだろう。

実際顔を合わせ、会話も交わしたヴィンセントは、とても人非人には見えなかった。人非人だと思い込んでいたから、前世では命を奪うことに対して罪悪感を抱きはしなかった。

前世と今世で、自分の運命は変わっている。リュシオンをはじめとする白騎士団の騎士たちや、リュシオン邸の使用人たちといった、他人とのかかわりもでき、『世間の評判』もそうした人たち、または己の目や耳で知ることもできる。

自分自身に関していえば、前世と今世で環境の変化はあっても中身は変わっていないといえる。しかし他の人物に関してはわからない。

もしかしたら前世のヴィンセントは人非人だったかもしれない。だが少なくとも今世では違う。

ではアンドレアは——？

アンドレアもまた、前世とは違う人間なのだろうか。彼ともあの、入団試験の日以来会っていないのでわからない。だがもし、彼の目的が自分を手に入れることだったとしたら、前世でも今世でも、彼こそが『人非人』なのではないか。

「おい、どうした、ぼんやりして」

アーサーにどやしつけられ、ルカは我に返った。

「すみません」

「そりゃぼんやりもするよ。殿下の剣の師範だぜ。夢心地にならないほうがおかしい」

フォローをしてくれるロビンもまた嬉しげだった。本当に今世では周りの人間に恵まれていると実感するルカの胸が熱く滾《たぎ》る。

「指導方法は任せるが、基本の型を一応さらっておこう」

リュシオンが声をかけてきたのに、ルカは「わかりました」と頷き、彼のあとに続いて練習場へと向かった。

「皇太子に悪気はない。悪気どころか好意からのことだとわかっているが、皇太子の周囲の人間が全員彼と同じというわけではないからな」

練習場に入るとリュシオンは、剣の構えではなくルカに口頭で講義を始めた。

「皇太子に怪我を負わせてはならない。本人は気にしないが、周囲が何かと煩《うるさ》い」

「わかりました」

「万一、稽古中に皇太子が傷を負ったときは」

言いながらリュシオンが、どこからか取り出したペンダントを差し出してきた。

「これを傷にかざせ」

「これは？」

問いかけるルカの首にそのペンダントをかけながら、リュシオンが説明を続ける。

「治癒の力をこの石に込めてある。かなりの重傷であっても傷痕一つ残さず治癒できるはずだが、だからといって怪我を負わせていいというわけではないからな？」

「はい」

頷いたルカを見てリュシオンが苦笑する。

「冗談だ。実力差がありすぎるから、お前が皇太子に怪我をさせることはないとわかっている。だが万一ということがあるからな。殿下は剣術が苦手でいらっしゃるので。それこそ転んで怪我をしたというだけでも責任を負わせられかねない」

「転んだ傷にもこれを使うということですか？」

治癒の力を掠《かす》り傷に使うのか？　皇族の肌には傷があってはならないという決まりでもあるのだろうかと、ルカはつい、驚きから問いかけてしまった。

「大仰に感じるだろうが、皇族はそれだけ『特別な存在』ということだ」

「……特別……」

身分的にということだろうかと、ルカは首を傾げた。リュシオンが身分制度のヒエラルキーを語るのは珍しいと思ったからだが、続く言葉を聞いて納得した。

「皇帝にしろ皇太子にしろ、命の危機がそのまま帝国の危機になる。だからこそ、少しの怪我にも皆、神経質になるんだ」

「……わかりました」

確かに帝国の危機となろうと頷いたあとにルカは、前世ではそこまで大事《おおごと》だと自覚していなかったと気づいた。

ただアンドレアの言うがまま、彼を皇帝の座につけることだけを考えていた。生まれが卑しいからと冷遇され、父親からの愛情を知らずに育ったというアンドレアの言葉を、少しの疑問もなく信じていた。

父親の愛情を知らないのはルカも同じだった。とはいえルカは父の愛を欲したことはなかった。ルカの母はただただ男爵を恐れていた。メイドだった母はその美貌に目をつけられ、男爵のお手つきとなった。母から父への愛情はなく、父から母への感情もまた『愛』とはいえないものだったことで、ルカも父を恐れはしたが、慕いはしなかった。

父に認められたいと願うこともなかった。母を守りたいという思いはあったが、母が亡くなったあとには、一刻も早く男爵邸を出ていきたいと、強くそう願った。

アンドレアの気持ちに同調はできなかったが、生まれの卑しさから正妻の子と差別されるつらさは体験していたため充分理解できた。

そういえば死ぬ前にアンドレアから、その『理解』に嫌悪を感じたと罵られたのだった、とちょうど思い出していたとき、ルカはリュシオンに名を呼ばれ、意識を彼へと向けた。

「ヴィンセント殿下はすぐに飽きる。彼の得意分野は剣術ではなく頭脳だ。気まぐれからだろうが、自分の身を守るのに、多少剣は使えたほうがいい。そのつもりで指導をしてほしい」

「わかりました」

一人前の剣士に育てようとしなくていい、護身程度でと言われたと察し、ルカは頷いた。

「それと……」

リュシオンが何かを言いかけ、珍しく口ごもる。

「？」

どうしたのだとルカはリュシオンを見つめた。リュシオンは少しの間、躊躇《ちゅうちょ》していたが、やがて、

「いや、なんでもない」

とまたも珍しいことに一度言いかけた言葉を取り消したものだから、ルカはつい、問いかけてしまった。

「団長？」

「基本の型を一度、見せてもらおう」

しかしリュシオンはルカの問いかけを流し、ここに来た目的である剣の構えのおさらいを求めてきた。

「はい」

なんだったのだろうと思いはしたが、問い返す暇はなかった。剣を構えてみせながらルカは、明日からヴィンセントに剣を教えることになるのかと改めて考え、憂鬱になった。

剣の稽古をするのに、二人きりということはないだろう。願わくは剣術以外に会話を交わす必要もないといい。そして願わくはリュシオンの言葉どおり、気まぐれで始めることになった剣の稽古が数日で終わるといい。

ヴィンセントに対して特別な感情があるわけではない。悪感情も好感情も持ち合わせていない。ただ、前世で命を奪った相手であるから、というのが避けたい理由だった。

前世と今世は違う。何より自分は『騎士』になった。自らの力で確固たる身分を得たのだ。

前世で進んだ道からは大きく逸脱している。

いい加減に前世を忘れるべきなのかもしれない。夢と思えばいい。現実の自分がすべきことと、進むべき道を見つめるべきだ。そう思いはするが、忘れることはルカにはできなかった。

「身を入れろ」

リュシオンの厳しい声に、はっとし詫《わ》びる。

「申し訳ありません」

「謝罪は必要ない。やるべきことは何かということだ」

剣術の稽古は血反吐を吐くほど厳しいが、言葉での叱責は実に淡々としている。とはいえ軽んじられるものではないと、ルカにはよくわかっていた。

態度で示す必要があり、必ず結果が求められる。結果を出せなかったときのことはルカにはわかっていなかった。必ず結果に結びつけてきたからである。

なぜ、彼の言うがまま、その期待に応えようとするのか。ふとルカの中にその疑問が浮かぶ。

前世ではアンドレアを盲信し、彼の求めるとおりに成果を上げようとした。対価としてアンドレアが与えてくれたのは愛情だった。偽りであったと気づくことはなかったが。

リュシオンが与えてくれたのは――騎士の称号。そして仲間。白騎士団の一員としての居場所。

『愛情』と違って実体のあるものだが、果たして自分はそれを求めていたのだろうかと、またもルカは一人の思考の世界にはまりかけ、今はそれどころではなかったと自分を律した。

少なくとも白騎士団に入りたいなどという野望を抱いたことはなかった。望まずとも実現したことに関し、感謝の念を抱いているから彼の言うことを聞いているのか？

それも違う気がする。『信頼』があるからではないかと思うが、それが前世と同じ『盲信』

ではないといえるだろうか。

わからなくなってきた、とルカは溜め息をつきかけ、また、いけない、と我に返る。

今考えるべきは明日からの皇太子、ヴィンセントへの剣の稽古、それのみだと己に言い聞かせていたルカは、そんな自分を見つめるリュシオンの瞳の中に微《かす》かな揺らぎがあることに、まるで気づいていなかった。

5

ヴィンセントへの稽古は一日おきの早朝に行われることとなった。初日はリュシオンも立ち会うことになり、ルカは彼と共に皇太子宮内にある剣術の練習場へと向かった。

約束の時間の少し前に到着したというのに、既にヴィンセントは稽古用の服装に着替えルカの到着を待っていた。

「やあ、無理を言ってすまないね」

明るく声をかけてきた彼の背後には、侍従と数名の召使い、それに護衛の騎士が控えていた。リュシオンの言ったとおり、二人きりになることはなかったと安堵しながらルカは、

「それでは早速始めましょう」

とヴィンセントに声をかけた。

「かまえてみてください」

「わかった。こうかな?」

ヴィンセントが早速、練習用の剣を構える。

「……よろしいのではないかと……」

さまになっている、と、ルカは判断したが、一応、と、リュシオンを振り返った。リュシオンがルカに頷いてみせる。

「型だけはいつも褒められるんだ」

嬉《うれ》しげに笑うヴィンセントの屈託ない明るさが眩しい、とルカは思わず目を伏せた。

「ルカ？」

ヴィンセントに呼ばれ、慌てて顔を上げる。

「失礼しました。それでは私に打ち込んできてください。自由に」

「自由に……卑怯《ひきょう》な手をつかっても？」

ヴィンセントがふざけたようにそう問うてきたのを諫《いさ》めたのはリュシオンだった。

「殿下」

「冗談だよ。ルカが引き受けてくれて少し浮かれてしまっただけだ。剣を握るときは本気で、だろう？　ちゃんと教えは守るよ」

ヴィンセントはそう言うと、ルカに向かいにっこり笑ってみせた。

「以前、リュシオンに少し剣術を習ったことがあるんだ。厳しすぎて三日で音を上げたけれど」

「そうでしたか」

『すぐ飽きる』というのは体験談だったのか、とルカは納得すると同時に、厳しく指導すれば自分もまた三日で解放されるということかと気づいた。

顔に出したつもりはなかったがヴィンセントが早速言葉を返す。

「幼い頃だったから三日だった。今は少しは成長しているよ。人間的にも体力的にも」

「では五日ですね」

リュシオンが淡々と言い、ルカに、始めるようにと目で合図する。

「団長には信用がないんだ」

ヴィンセントは苦笑してみせたが、ルカがどう反応していいのかと迷っていると、更に苦笑してから表情を引き締めた。

「それじゃあ、遠慮なくいかせてもらうよ」

一応声をかけてくれてから、剣を構えルカへと向かってくる。

剣筋は悪くない。が、隙はありまくりだった。軽くかわしながらルカは、早くもヴィンセントの実力を見切り、彼に声をかけた。

「結構です」

「もう?」

ヴィンセントが驚いた声を上げたあと、ちらとリュシオンを見る。

「さすが団長の愛弟子《まなでし》だね。もう実力を見極められてしまったってこと?」

「ルカの実力は本物です」

リュシオンがいつものように淡々と告げ、ルカに声をかける。

「もう私は不要だな?」

「あ……はい」

どちらの答えを求められているのかが咄嗟にわからず、返事が遅れる。答えたあとリュシオンの顔を見たが、肯定は正解だったのか、それとも彼の求めた返事ではなかったのか、どちらとも判断がつかなかった。

リュシオンが立ち去ってからルカはヴィンセントと手合わせをしつつ、彼の弱点を指摘していった。

「踏み込みが甘いようです。それでは相手への攻撃がまともに入りません」

「闇雲に相手に向かっていってはいけません。防御を考えないと心臓を刺されます」

「基本の型を崩さないことが前提となります。自分なりに剣を振るうのは基本を崩していいということではないので」

指摘のいちいちにヴィンセントは素直に「わかった」「ありがとう」と返事と礼を言い、言ったことはすぐに改善してみせた。

「今日はここまでにしましょう」

ヴィンセントが疲労を感じ始めたタイミングでルカは初日の訓練の終了を彼に言い渡した。

「ありがとう。実に有意義だった」

ヴィンセントは笑顔でそう言うと剣を納め、ルカを朝食に誘った。

「いえ、私は」

昨日誘われてはいたが、ルカは辞退するつもりだった。礼儀作法に自信はなかったし、前世で殺したヴィンセントと食事をする気にはなれないでいたからだが、皇太子は拒絶されることには不慣れなようで、強引に誘いをかけてきた。

「遠慮はいらないよ。さあ、こっちだ。今日は庭園に用意させた。中庭の薔薇《ばら》が見頃なんだ。君に是非見せたいと思ってね」

断るには理由が必要となる。その理由を一つも思いつかなかったこともあり、ルカは仕方なくヴィンセントに従うことにした。

朝食のテーブルにつくとヴィンセントは給仕以外を下がらせ、ルカと二人で向かい合った。

「君の好物がわからなかったので色々用意させた。気に入ってくれるといいけれども」

「ありがとうございます。私には過分です」

朝食とは思えない豪華な食卓を前に、ルカは内心、唖然としていた。

「君は遠慮をしてばかりだ。そうそう、リュシオンと住んでいるんだって？　彼が普通に食事をとる姿が想像できないな。どんなものを食べているの？」

「普通……だと思いますが」

答えてからルカは、ヴィンセントが冗談を言ったということに気づき、思わず声を漏らした。

「……あ……」

「初日からは難しいと思うけど、これから打ち解けてもらえると嬉しいな。君とは年もそう離れてないし」

ヴィンセントは実に辛抱強かった。ルカに食事を勧めつつ、何を喋っていいのかわからないこともあって黙りがちだったルカから言葉を引き出そうと、あれこれと話題を考え話しかけ続けてくれた。

「剣を初めて握ったのはいつだったの？」

「最初に教わったのは誰？」

「第五騎士団の入団試験を受けたんだったよね？」

最後にはルカが『はい』か『いいえ』と答えればいいような質問をしてきたが、問いの内容はよくぞ調べたなと感心するようなルカの生い立ちから今にいたるまでのものだった。

その上、ルカが不快に思うであろうことは避けている。その気遣いにルカは戸惑いを覚えていた。

「楽しい時間だった。明後日《あさって》も楽しみにしている」

朝食を終えるとヴィンセントは笑顔でそう言い、ルカを送り出した。なんとも不思議な気持ちのままルカはヴィンセントの前を辞し、白騎士団が訓練をしている訓練場へと戻った。

「ルカ、どうだった？」

「皇太子殿下の腕前は？」

アーサーやロビンにルカが答えようとしたところに、リュシオンが声をかけてくる。

「ルカ、報告を」

「はい」

短い指示に短く答え、ルカはリュシオンのあとに続き、庁舎内へと入った。

「殿下に朝食を付き合わされたようだな」

「はい。断ることができませんでした」

「美味《おい》しかったか」

「……あ、はい」

問いが意外だったため、ルカの答えが一瞬遅れた。

「それはよかった」

リュシオンが微笑むのを見て、ますますルカは当惑したのだが、続く問いには戸惑いを通り越し、驚きを覚えたせいでその場で固まってしまった。

「楽しかったか？」

「…………」

楽しい、とは？

本気で聞いているのだろうか。皇太子との朝食に『楽しい』要素があるとでも？　呆然としていたルカを見て、リュシオンは少し残念そうな顔になった。そんな表情も珍しい、と思わず凝視しているとリュシオンは、初めて自分がどんな顔をしているのか気づいたような様子となり、小さく咳払いをしてまた、いつもの無表情に戻ると口を開いた。

「皇太子殿下からの誘いを断るのは困難だろう。朝食もお前によかれと思って用意したものと思われるので固辞する必要はない。何かあればすぐ報告するように。剣の稽古についてはお前の判断にすべて任せる」

「わかりました。あの」

『何かあれば』の『何か』について、ルカにとってはヴィンセントとの会話すべてが『何か』だったため、何を報告し何をしなくていいのかがまるでわからず、問いかけた。

「なんだ？」

「皇太子殿下は私のことを調べ尽くしていたようでした」

「あの人はそういう人だ」

リュシオンは即答したが、眉間には微かに縦皺が寄っているように見えた。

「そういう人とは？」

意味がわからず問い返したルカにリュシオンが淡々と説明してくれる。

「興味を覚えたものは調べ尽くす。彼はその術を持っている。悪用するつもりはないはずだが、気になるようなら私から釘《くぎ》を刺しておく」

「いえそんな」

理由が知りたかっただけなので、とルカは首を横に振ったあと、

「術とは？」

と気になった単語を尋ねた。

「権力と言い換えてもいい。命令を下す相手が大勢いるし、下せる範囲も広い。皇族だからな。使える手足が多いということだ」

「わかりました」

『調べ尽くす』といっても、本人がやるわけではないと、そういうことか、と納得すると同時に、前世では自分もまたアンドレアの手足となり働いていたなと思い出していた。

アンドレアには自分以外に『手足』がいたのだろうか。彼はいつも、自身の惨めな境遇を嘆いてみせていたが、今から思うに困窮している様子もなければ、あからさまに虐げられているというわけでもなさそうだった。

立派な宮に住み、立派な衣装を身に纏っていた。下賜された剣も名のある名剣で、とても冷遇されている皇子の持てるものではなかったと、なぜ気づかなかったのか。

彼にもまた『手足』が多くいたのだろう。今ならそれがわかるとルカは自然と唇を噛んでいた。

「皇太子殿下がお前に対して何か目論《もくろ》んでいるということはないと、私が保証する。深く考えることなく、剣術の指導についてだけ考えていればいい」

リュシオンの言葉にルカは、

「わかりました」

と頷いたが、胸の中に安堵が広がってくることで初めて、不安を覚えていたのかと気づいた。

リュシオンはそれを見抜いた上で、不安を取り除く言葉をかけてくれたのだ。自分でも認識していない思いを読み取るのも神聖力によるものなのだろうかと、銀色の瞳を見つめる。

「顔を見ればわかる」

またもリュシオンに心を読まれ、ルカは思わず目を瞬かせた。

「神聖力ではなく？」

「使うまでもない」

どれだけ長く共にいると思っている、と苦笑され、ルカは頬を赤らめた。

「そんなにわかりやすいでしょうか」

幼い頃は、何を考えているのかわからないとよく殴られていただけに意外だと、ルカはリュシオンを見やった。

「お前は素直だから」

「そんなことは……」

『素直』と言われたことはなかった。頬に血が上るのがわかる。と、リュシオンに、

「褒め言葉ではないぞ」

と釘を刺され、ルカはますます赤面してしまったのだった。

「単純だということだ。剣術にもその傾向がある」

「……気をつけます」

『素直』を褒め言葉ととったわけではなく、内面を見てくれていたことが嬉しかったのだが、そこまではリュシオンも見抜けなかったらしい。しかし見抜かれなくてよかった気もする、とルカは密かに溜め息を漏らした。

確かにリュシオンとは長いこと一緒にはいる。だが会話らしい会話を交わしたことはない。なのに彼は自分の内面を理解してくれていた。それが嬉しい。

なぜ嬉しく感じるのだろう？

ふと疑問がルカの中に芽生える。前世ではアンドレアだけが自分の理解者だと信じ、彼の言いなりになっていた。

今世ではリュシオンだけが理解者——というような思考には陥っていない。大勢の人間とのかかわりができており、誰にも理解されていないという状況ではないからだろう。

そうした状況を作ってくれたのは誰あろう、リュシオンだった。今回のヴィンセントの剣

の指導に関しては消極的ではあったが、それでも上手くいくよう取り計らってくれている。

感謝しかないが、彼を前にすると胸に満ちてくる気持ちは『感謝』とは少し異なる気がする。

では何か、といわれると、答えは見つからないのだが。この温かな気持ちの正体は一体なんなのだろう。

「皇太子殿下もかなり素直なお方だ。素直すぎるきらいがあるが、何か困ったことになったら言ってきなさい」

リュシオンの言葉はルカには理解できないものだった。が、彼がそう言うからにはこの先困ったことが起こるのかもしれないと予感し、少し憂鬱になった。

「大丈夫だ」

それも顔に出たのか、リュシオンがそう言い、ルカの肩をポンと叩く。

「………」

身体に触れられることは今まであまりなかった。今日は珍しいことばかりだと驚いたルカだったが、リュシオンが、しまった、というような表情になったのを見て、慌てて言葉を発した。

「ありがとうございます。心強いです。とても」

そうして触れてもらって、と言おうとしたが、なぜか躊躇われてそこで止めた。リュシオ

ンは微かに安堵したように微笑むと、すぐ無表情に戻り、頷いたあとにドアへと向かってい
った。訓練に戻るのだとわかり、ルカも彼に続いて部屋を出る。
その後、いつもの訓練をこなしながらルカは、気づけばリュシオンのことを考えてしまい、
集中力を欠いているという指摘を本人から受けた結果、走り込みを命じられるという事態に
陥ってしまったのだった。

ヴィンセントへの剣の指導は、リュシオンの予想に反し、月を超えても終わりを迎えはし
なかった。
ルカはかなり厳しく指導しているつもりなのだが、ヴィンセントはそれにしっかりとつい
てきて、めきめきと腕を上げていったのである。
「剣術は苦手意識があったけれど、上達すると楽しいね」
訓練のあとには毎度、朝食を共にとる。その席でヴィンセントに嬉しげにそう言われたの
を、ルカもまた嬉しい気持ちで聞いた。
「それはよかったです」
「先生がいいからだよ。君の指導は実にわかりやすいし、すぐ身につく」

ヴィンセントの賞賛をルカは、

「過分なお言葉です」

と退けたが、それは謙遜ではなく、上達は自分の指導ゆえではなく、ヴィンセントの努力と潜在能力にあるとわかっていたためだった。

「過分じゃないよ。君のほうはどうかな？　僕への指導がソードマスターになるのに役に立っていたりする？」

ヴィンセントに問われ、ルカは答えに詰まった。

「なんだ、役に立ててないんだね」

あからさまに落胆され、ルカは慌てて口を開いた。

「違います。私にも上達が見られると団長からは言われています。覚醒できないのは自分自身に責任があるのです」

「そんなに慌てなくていい。ちょっと拗《す》ねたくなっただけなんだ、ごめん。君は本当に素直だな」

ヴィンセントが罪悪感を覚えているような顔で詫びてきたものだから、彼の周囲にいた侍従や召使いがぎょっとした顔になった。

「も、もったいないお言葉」

皇族に頭を下げさせるわけにはいかない、とルカは慌てて立ち上がり、その場に跪いた。

「畏《かしこ》まらないでくれ。君は僕の先生なのだから」

「もったいないです」

「頭を上げてくれ。そして座って。食事を続けよう」

ヴィンセントが立ち上がりそうになっているのを見てルカは慌てて席に戻り、カトラリーを手に取った。

「リュシオンに言われているのだろうけれど、本当に畏まらないでほしいんだ。まだ慣れないかな？」

ヴィンセントは訓練のとき以外は常に笑顔を浮かべている。自分に気を遣ってのこととわかるだけに申し訳なさを覚えていたルカだが、同時に、なぜ気を遣われているのかと、常々疑問に思っていた。

剣術の師であるから？　しかし彼にとっての唯一の『師』というわけではない。白騎士団の誰であっても彼よりは実力が上であるので、誰でも『師』になり得るからである。

未来のソードマスターだから？　その未来は確定ではないというのに？

ソードマスターだから敬意を払うというのであればまだわかるが、と、そこでも答えを見失ってしまう。

「あまり畏まられると、質問もしづらいんだけどね」

ヴィンセントに言われ、ルカは、そういうことか、と慌てて頭を下げた。

「大変失礼いたしました。どんなことでもお聞きくだされば誠心誠意お答えいたします」

「うーん、ダメか」

ルカの反応を見てヴィンセントは笑うと、既に食事を終えたらしく、立ち上がった。

「どうだい？　少し庭園内を散歩しないか？」

「は、はい」

誘いは即ち命令ということだと、ルカもまた立ち上がった。ヴィンセントにはおつきと護衛が三名つくため、そのあとにつこうとしたルカをヴィンセントが振り返る。

「話がしたいから並んでくれ」

「えっ。いや、その」

皇族と並んで歩くなど、とんでもないと固辞するルカにヴィンセントは歩み寄り、腕を摑んでくる。

「お前たちは控えてくれ。なに、池の周りを一周するだけだ」

護衛の騎士とおつきにそう告げると、ヴィンセントは、

「さあ、行こう」

とルカの腕を引き、歩き始めた。

「殿下」

「ゆっくり歩こう。せっかく二人になったんだ」

あわあわとするルカの顔を覗き込むようにして笑うとヴィンセントは言葉どおり歩調を緩め、池へと視線を向けた。

「ソードマスターになれば水の上も歩けるようになるって本当かい？」

「それは団長だけな気がします」

剣を極めたからといって、他に超人的な能力が身につくとは聞いたことがない。とはいえ大聖女の息子であるというリュシオンなら、水の上だろうが雲の上だろうが歩きそうだが、と答えたルカに、ヴィンセントは、

「確かに彼なら歩きそうだね」

と笑った。

『池を一周』といっても池は湖ほどの大きさがある。並んだまま歩くなど間が持たないと思っていたが、ヴィンセントは実に屈託なく、ルカに話しかけ続けてくれた。

「ルカは泳げるの？」

「……どうでしょう。泳いだことがありません」

「海や湖には？」

「行ったことがありません」

「なら今度泳ぎに行こう。剣術の指導のお礼として僕が君に泳ぎを教えるよ」

「畏れ多いです」

「なら一緒に泳ごう」

「……それも……」

畏れ多い、と言おうとしたとき、前方に人影を認めルカは視線を向けた。

「……っ」

目に飛び込んできたその人物の姿に衝撃を受け、息を呑む。視線が合いそうになり目を伏せたルカに気づき、ヴィンセントが前方を見やった結果、彼もまた誰が来たのか気づいたらしかった。

「アンドレア、どうした？　何か約束をしていたかな？」

ヴィンセントが笑顔で異母弟である第二皇子、アンドレアに問いかける。

「不意に思い立ったのです。突然お伺いするのは失礼かと思ったのですが……」

アンドレアが弱々しく微笑み、ヴィンセントの前で項垂《うなだ》れる。

「別にかまわない。ところで供も連れずに来たのか？」

ヴィンセントが不思議そうな顔になるのにアンドレアは「はい」と頷き、ちらとルカを見たあと、今度は彼からヴィンセントに問いかけた。

「兄上も護衛騎士を連れていらっしゃいませんね」

「ああ。彼は護衛騎士より頼りになる。私の剣術の師範だ」

言いながらヴィンセントがルカの背に腕を回す。

「なかなか打ち解けてくれない師範と交流を図るために、一緒に散歩をしているところなんだ」

「剣術を学ばれているのですね。羨ましいです」

アンドレアがまた、ちらとルカの顔を見たあと、『おそるおそる』という表現がぴったりの態度でヴィンセントに頼みごとをして寄越し、その内容にルカはまたも息を呑んでしまったのだった。

「私も剣術を学びたいのです……未来のソードマスターだというその者に」

「そなたが剣術を？」

ヴィンセントが意外そうな顔で問いかける。彼の答え次第ではこの先、アンドレアとの接点が生まれてしまう。それはどうしても避けたい、とルカは目でヴィンセントに縋《すが》りかけ、アンドレアの視線を感じてすんでのところで思い留まった。

「はい。実は恥ずかしながら、正式に剣術を教わったことがなくて……」

アンドレアの声がますます弱々しくなり、わかりやすく項垂れる。

「今は平和の世だし、我々皇族には護衛騎士がつくし、余程の興味がない限り、父上も我々に剣術は不要と考えられたのだろう。私が幼い頃、数日ともたなかったという情けない記録を打ち立てたせいかもしれないな」

ルカの目には、アンドレアが同情を引こうとしていると、明らかにそう見えた。ヴィンセントは気づいているのかいないのか、笑顔で彼の言葉をやんわりと否定する。

卑屈にとることはないと、言葉や表情にはまるで出さないものの、アンドレアの反論を巧みに封じている。天然なのか、それとも計算尽くのことなのかと、ルカは先程までの緊張を忘れ、つい、二人のやりとりを見守ってしまっていたが、ヴィンセントが、

「そして悪いがルカをそなたの師範にするのは無理だ」

と、拒絶してくれたのを聞いて笑顔を浮かべかけ、またも気力で封じた。

「……やはり兄上と同じ師範を持つなど、私には許されることではないのですね」

項垂れるアンドレアの全身から、卑屈さが滲み出ているようで、嫌悪感からルカは顔を歪めそうになった。

「そうではない。二人も教えることになれば、ルカ自身の訓練の時間がなくなるからだ。ああ、そうだ。ルカに習いたい理由は、未来のソードマスターだから、だったな？」

「はい、兄上。生きているうちにソードマスターの実力をこの目で見たかったということもあって……」

「それなら」

俯きがちになり、ぼそぼそと答えていたアンドレアに、ヴィンセントが明るい声で提案する。

「ソードマスターに——リュシオンに頼むといい。私が口を利こう。彼も第二皇子に稽古を

つけるのを断ることはすまいよ」

「いえ。そんな。畏れ多いです」

アンドレアはぎょっとした様子となっていた。

「遠慮はいらない。明朝、リュシオンに向かわせよう」

「明朝……！　いえ、本当に結構です。私には分不相応ですので」

アンドレアの固辞をルカは不思議な思いで見ていた。剣術を習いたいという気持ちが偽りでなければ、ソードマスターに師事できることを断るだろうか。

『畏れ多い』『分不相応』どちらも謙遜というより、自身を卑下した言葉ではあるが、本当に『畏れ多い』と思っているのなら断ることこそ畏れ多いのではないだろうか。

「ともかく、明日、リュシオンと話すといい。彼は決して『分不相応』などとは言わないから」

にっこり、とヴィンセントは微笑むと、視線をルカへと向けてきた。

「ルカ、もう戻っていいぞ」

「は……はい」

咄嗟に返事をしたあとに、帰れと言われたのだと気づき、慌てて頭を下げる。

「失礼致します」

「一日も早く覚醒できるといいな」

ヴィンセントからそうした言葉をかけられたことがなかったため、ルカは違和感を覚え顔を上げた。が、にこやかに微笑むヴィンセントと目が合い、慌ててまた顔を伏せる。

「ありがとうございます」

一応礼を言い、その場を辞そうとしたルカの耳に、ヴィンセントの明るい声が響いた。

「アンドレア、少し歩かないか？　最近話せていなかったから。近況を教えてくれ」

「……はい……」

一方、アンドレアの声は沈んでいる。前世ではルカはアンドレアとしか接点がなかったため、兄弟仲がどうだったかといったことはまるで知らなかった。

アンドレアの一方的な言い分では、ヴィンセントには蔑まれてきたということだったが、自分の目で見た感じ、少しもそのような気配はない。少々強引ではあるが、ヴィンセントはアンドレアの『剣術を学びたい』という希望を叶えてやっている。しかも師範はソードマスター。優遇しまくっているじゃないかと首を傾げつつその場を離れてたルカの頭に、また別の考えが浮かぶ。

もしやヴィンセントは、アンドレアから自分を遠ざけようとしてくれたのではないか。剣術の稽古も断ってくれたし、それに自分を立ち去らせた上でアンドレアを引き留めてくれている。

アンドレアを避けていることは、ヴィンセントのあずかり知らぬことである。話題に出たこともなかったので、避けたいと望んでいるとは知らないはずなのだが、と尚も首を傾げたルカは、アンドレアと顔を合わせたときに覚えた衝撃からすっかり脱却している自分に気づき、またも首を傾げた。

すべてヴィンセントのおかげではあるが、彼は意図してあのように振る舞っていたのだろうか。それとも偶然か。どちらとも判断がつかないものの、救われたことは間違いないと、ルカは改めてヴィンセントに感謝の念を抱いた。

果たしてリュシオンはアンドレアに剣術を教えるのだろうか。実現したら前世とはまるで違う展開となる。

前世でアンドレアはリュシオンを避けていた。ソードマスターの彼にはかなわないという考えがあったのか、皇帝を、そしてヴィンセントを殺したのもリュシオンの不在時を狙ってのことだった。

ソードマスターであり、もと大聖女の息子である彼には、己の邪心を見抜かれると、そう思っていたからではないか。もし剣術を習うようになればアンドレアが恐れたとおり、リュシオンは彼の野望を――父と兄を亡き者にして己が皇帝の座につこうとしていることを見抜くのではないだろうか。

是非そうあってほしい。願いながらルカは、願っているだけで果たしていいのだろうかという思いも抱いていた。

気をつけたほうがいいと忠告すべきではないのか。根拠を問われたら、正直に答えたとしても信用されないだろうが、危機感を共有したほうが、前世と同じ轍《てつ》を踏まずにすむのではないか。

リュシオンがアンドレアに剣術を教えるようになるより前に、伝えておいたほうがよいだろう。信用されなくとも、気にはかけてくれるようになることを期待して。

よし、と決意を新たにしたルカだったが、残念ながらその機会は訪れなかった。アンドレアが『過分だ』とどこまでも固辞したため、リュシオンの彼への剣術指導は実現を見なかったためである。

6

「う……っ……く……っ」

うつ伏せで腰を高く上げさせられている不自然な体勢がつらい。背後で聞こえるアンドレアの獣のような息遣いが気持ち悪くてたまらない。

普段の彼はああも気弱に見えるのに、こうして欲情をぶつけてくるときの彼の動作は乱暴で、労《いたわ》りをすっかり忘れている。初めてのときは酷《ひど》く流血した。あとから詫《わ》びてはくれたが、どんなに痛がっても途中でやめてくれなかったことをふと思い出す。

『ごめん。初めてだったから。なんだかもう夢中で』

痛かっただろう、と泣いて詫びてくれはしたが、それからも動作が優しくなることはなかった。不器用なのだと自分でも言っていたし、それ以外に理由はないと納得して身を任せているうちに、ルカの身体《からだ》のほうが慣れてしまった。

そもそも最初のきっかけはなんだっただろうかと思い出そうとしたのは、身体的精神的なつらさから気を紛らわせるためだった。

夜中、いきなりアンドレアがルカの寝室を訪れ、抱き締めてきたのだった。

『僕にはお前しかいない』

父親である皇帝に冷たくされたと言っていた。何がなんだかわからない間に唇を奪われ、寝台の上で裸に剝《む》かれていた。

愛情表現だと言いながら、アンドレアはルカをうつ伏せにし、腰を高く上げさせた上で、今まで誰にも触れられたことのないそこへと己の雄をねじ込んできたのだった。

苦痛しかなかった。しかしアンドレアにやめてほしいとは言えなかった。

『お前がほしい。お前しかいらない』

そのために僕に身を委ねて、と言われて、断れるはずがなかった。

『ふっ……ふっ……っ』

強引に雄を挿入させたあとには、乱暴な突き上げが始まった。裂けた皮膚の痛みに加え、内臓をかきまわされるような不快感と鈍痛に襲われたが、それでもルカはひたすら耐えた。

『ふぅ……っ』

やがてアンドレアが達し、ルカの中に精液を放った。

『これでお前は私のものだ』

嬉《うれ》しそうに微笑《ほほえ》まれ、額に唇を落とされる。細められた瞳に優しさを見出し、ルカの胸は熱く滾《たぎ》った。

自分を疎んでいる人間しか、周りにいなかった。こうして求められることがこうも嬉しいものだということを初めて知ったルカは、アンドレアが好み求めるこの行為が、己にとってどれだけの負担であろうとも喜んで受け入れた。

そう、今も――。

腰をぶつけられるたびに、パンパンという空気を孕《はら》んだ高い音が響き渡る。かなり長い間、突き上げられているというのにアンドレアが達する気配はなく、ルカの中でますます存在を増していくように感じられた。一方ルカの雄は萎えたまま足の間で震えていた。

まだだろうか。後ろの感覚は既になくなっている。抱かれる予感のあるときには、事前にルカは自身で『準備』をするようになった。そうしておけば苦痛は少しはマシになるからである。

アンドレアはそのことにまるで気づいていないようだった。

『すっかり私の形になったんだな。私のものという感じで嬉しいよ』

満足そうに笑っていた彼は、ルカの慣れを自分の手柄のように考えていたのかもしれない。

いや、そもそもルカが感じる苦痛に頓着などしていなかったのかも。ただ、己の性欲を発散することができればよかった。それを証拠に、アンドレアの行為には一切、愛撫《あいぶ》というものがなかった。ルカはアンドレア以外に経験がなかったため、それがいかに相手に対する思いやりのないものかという認識がなかった。

彼にとって幸運であったのは、その行為が普通は『愛』あってのものだという知識もなかったことだった。行為にどういう意味があるか、考えたことはなかった。アンドレアが求めているから応じる。意味など必要なかったのである。

苦痛はあった。が、求められているのは嬉しかった。だから耐えられた。

しかし――。

不意にルカの耳に、アンドレアの普段とはまるで違う声が蘇《よみがえ》る。

『抱き心地は悪くなかった。だがもう飽きた』

「……っ」

はっとし、背後を振り返る。ルカの目に飛び込んできたのは残忍な目をしたアンドレアが今、まさに剣を振り下ろしている姿だった。

殺される――ぎゅっと目を閉じたと同時に、身体を揺さぶられる。

「ルカ！」

アンドレアではない声がルカの名を呼ぶ。懐かしく、そして優しいこの声は、とルカは目を開き、心配そうに己を見下ろしているリュシオンの顔を見出した。

「……あ……」

夢――か。

前世でアンドレアに抱かれていたときの夢を見たらしいとわかるまで、ルカはどちらが夢でどちらが現実か混乱していた。

「ルカ、大丈夫か？」

リュシオンの顔が近づいてくる。腕を摑《つか》まれる力強さに、まさに今、この瞬間が『現実』だとようやく認識でき、ルカは安堵《あんど》から深く息を吐き出した。

「水を飲むか？」

相変わらず心配そうな顔をしながら、リュシオンが問うてくる。

「あ……りがとうございます。大丈夫です」

普段は無表情といっていいリュシオンのこんな顔は新鮮で、思わず見惚《みと》れてしまっていたため、ルカの答えが遅れる。

「遠慮しなくていい」

リュシオンはふっと笑うとルカが身を起こしたベッドから立ち上がり、部屋を出ていった。

「…………」

後ろ姿を目で追っていたルカは、枕元の明かりがついていることに今更気づき、室内を見渡した。

ちゃんと窓がある。アンドレアが用意した地下のあの部屋ではない。

時が巻き戻ってもう何年も経《た》っている。『回帰』という現象は確かに信じがたいものだが、今が間違いなく現実だ。夢ではない。

夢は――と、今まで見ていた夢が脳裏に蘇りそうになり、ルカは記憶から抹消《まっしょう》したくて激しく首を振った。と、ノックと共にドアが開き、水の入ったコップを手にしたリュシオンが入ってくる。

「どうした？」

リュシオンに問われ、ルカはむやみに首を振っていた自分の姿を恥ずかしく思った。

「……大丈夫です」

前世の夢は時々見る。とはいえこうも生々しい夢は珍しい、と内心呟《つぶや》いていたルカの目の前に、コップが差し出される。

「……ありがとうございます」

わざわざ汲《く》んで来てくれるなんて、と申し訳なく思いつつルカはコップを受け取った。リュシオンはルカをじっと見つめている。水を飲むまで彼の視線は逸《そ》れないのではと察し、口をつけた。

一旦水を口に含むと、自分がいかに喉が渇いていたかをルカは思い知ることとなった。ごくごくとコップの水を飲みきり、はあ、と息を吐き出す。

「まだ飲むか？」

「あ、自分で」

具合が悪いわけではないのでと、ルカはベッドを降りようとした。が、リュシオンはルカが気づかぬうちに彼の手からコップを受け取っていた。

「休んでいるといい」

すっと立ち上がり、部屋を出ていく。ルカは彼の後ろ姿を呆然《ぼうぜん》と見送っていた。

手厚い。今までリュシオンからこうも気遣われたことがあっただろうかと考え、気づかなかっただけであったのかもしれない、と、今更のことに気づいた。

リュシオンの私室とルカの部屋は扉で繋《つな》がっている。もしかしたら今までも自分がうなされているときには様子を見てくれていたのかもしれない。これまで目覚めなかっただけで、と考えているうちにリュシオンが水差しとコップが載った盆を手に戻ってくる。

「申し訳ありません」

「謝罪の必要はない」

慌てて詫びたルカにリュシオンは短く答えると、盆をルカの枕元のテーブルに置き、コップを手渡してくれながら顔を覗《のぞ》き込んできた。

「何があった?」

「……っ」

リュシオンの瞳は真剣で、彼が興味本位で聞いてきているわけではないと、ルカにもわかった。とはいえ、実際何かがあったというわけではない、と申し訳なく思いつつそれを答える。

「その……悪夢にうなされたようです。それだけなので……」

「悪夢」

リュシオンの眉間に縦皺《たてじわ》が寄る。悩ましげな表情には色香があり、どき、と鼓動が高鳴る。

が、続くリュシオンの問いは逆にルカを青ざめさせるものだった。

「どのような夢だった？」

「それは……」

前世でアンドレアに抱かれていたときの夢——と正直に答えられるはずもなく、ルカはつい言い淀《よど》んだあと、口を開いた。

「……覚えていません」

これが一番無難な答えだと考え告げた言葉に対してリュシオンは「そうか」と頷《うなず》いたが、信じていないのは顔を見ればわかった。

だが言いたくないという気持ちを察してくれたのか、嘘《うそ》を指摘することなく、

「寝るといい」

と言い、すっと手を差し伸べてきた。

「？　あの？」

何を求められているのかわからず、ルカはその場で固まった。

「コップを」

「……あ……」

コップを持ったままでは当然ながら寝られない。しかし自分でテーブルに置けばいいのだから、と断ろうとしたときには、コップはリュシオンの手の中にあった。

「ありがとうございます」

「寝なさい」

礼を言ったルカにリュシオンが言葉をかける。

「はい……？」

頷いたというのに、リュシオンが立ち去る気配はない。

「あの……？」

なぜ、とルカは問おうとしたのだが、察したらしいリュシオンの言葉には驚き、思わず目を見開いていた。

「悪い夢を見ないよう、見守ってやる」

「い、いえ。大丈夫です」

一体何が起っているのか、ルカにはまるでわからなかった。今、この瞬間こそが夢ではないのかと、己の頬《ほお》に手を当ててみる。

感触はある。が、現実とは到底思えない。もしや聞き違いだろうかと、ルカはリュシオンを見やった。

「寝なさい」

リュシオンが先程と同じ言葉を繰り返す。

「……あ……はい」

聞き違いではなかったようだ。納得はできていない状態ではあったが、リュシオンの指示に従わないという選択肢はなかった。

言われるがまま、寝台に横たわり上掛けを自身でかける。

「目を閉じて」

「……はい」

リュシオンの指示どおり瞼《まぶた》を閉じると、顔の上に彼が手をかざしている気配が伝わってきた。

明かりを遮ってくれているのか？　首を傾《かし》げかけたルカに、急速な眠気が訪れる。

眠らせてくれると、そういうことだったのか。頭の中は空っぽになっていた。胸にはじんわりと温かな思いが満ちているような気がする。

こんな状態で眠りについたことはついぞなかった。生まれてから一度もなかったかもしれない。温かな優しさに包まれて眠りにつく喜びに、ルカの頬には自然と笑みが浮かんでいた。

微《かす》かに誰かが息を呑《の》む音を聞いた記憶を最後に、そのままルカは眠りの世界に落ちていった。

翌朝、目覚めたときにルカの部屋にはリュシオンの姿はなかった。昨夜は夢でも見たのだろうか。現実といわれるよりまだ夢であったほうが信じることができるような、と思いながら朝食の席につく。

「おはよう」

リュシオンの態度に変化はなかった。『あれから眠れたか』などと聞かれたら動揺してしまうところだったたと思いつつ、ルカもまた朝の挨拶《あいさつ》を返し、食事を始めたのだった。

「そういえば」

珍しくリュシオンがルカに話題を振ってきた。大抵は無言で食べることが多いため、一気に緊張を高めつつルカは、リュシオンを見やった。

「皇帝陛下がヴィンセント殿下の剣術への傾倒ぶりを喜んでいた」

「……そうなんですか」

それ以外にルカに言える言葉はなかった。皇帝陛下はルカにとっては雲の上の人すぎて、今のリュシオンの発言がどういう意図をもって告げられたものかの判断がまったくつかなかったのだった。

それがわかったのだろう。リュシオンがルカにもわかるように言い直してくれる。

「皇帝陛下はもともと、ご子息のヴィンセント殿下が剣術に興味を持てないでいることを憂いていたんだ。陛下ご自身が剣術がお好きかつ得意にしていらっしゃるから」

「そうだったんですわ」

なるほど、とルカはようやく納得した。ヴィンセントに剣術の指南を頼まれたとき、リュシオンから、『きっと長続きはしないだろう』と言われたことを思い出してもいた。

予想に反し、一日おきに行うヴィンセントへの剣術の指導はルカにとっては日常の一部となりつつあった。もともと素養があったのだろう、ヴィンセントの腕前も格段に上がっており、近く行われる剣術大会にも出場を考えていると昨日聞いたばかりだった。

剣術大会というのは現皇帝が企画し開催する、身分を問わず剣の腕自慢が競いあい、一番の実力者を決めるという大会だった。当然ながら騎士や剣術の稽古を受けることができる貴族の子息が有利ではあるが、たまに平民がある程度まで勝ち上がることもある。皇帝の狙《ねら》いは、そうした潜在能力の高い平民を拾い上げ、本人の希望があるのなら騎士に育成するというものだったが、それは取りも直さずルカという実例を知ったからだということだった。

未《いま》だソードマスターとしては覚醒していないものの、白騎士団の中では団長であるリュシオンに次ぐ実力の持ち主であるというのが団員皆の共通認識で、それが耳に入ったと思われる。

身分を問わないというのは、平民に対してだけでなく、皇族もまた出場の機会があると、ヴィンセントは気づいたらしく、出る気になったようである。自分の実力のほどを知りたいのだろうが、果たして、とルカは首を傾げた。

「皇太子には皆、勝ちを譲るのではと、それを案じているのなら、心配は無用だ」

いつものようにルカの考えをリュシオンは正確に見抜き、そう声をかけてくる。

「なぜですか？」

『身分を問わない』とあってもそれはあくまでも建前であり、実際は忖度《そんたく》が行われるのでは。それを禁じる術《すべ》はあるのだろうかと問いかけたルカに、リュシオンは淡々と答えを返した。

「殿下の試合の審判は私が行うからだ」

「……なるほど」

リュシオンの目を誤魔化《ごまか》せるとは誰も思わないだろう。納得したルカにリュシオンが問いかけてくる。

「殿下の実力はどの程度だ？」

「上達はなさっていますが、たとえば白騎士団の騎士に勝つほどではないと思います」

他の騎士団の実力を詳しく知らないので、あくまでも白騎士団に限るが、とルカは己の考えをそのまま述べた。

「ほんの数ヶ月、訓練を受けただけの相手に負けるようでは困る」

リュシオンは苦笑したあと、

「将来性は？」

と問いを重ねてきた。

「潜在能力は高くていらっしゃるので、このまま訓練を続けていれば騎士並みの実力を身につけるのは充分可能だと思います」

答えてからルカは、とはいえ皇太子が騎士になることはないか、という当たり前のことに気づき、つい、

「あ」

と声を漏らした。

「ん？」

「いえその……皇太子殿下の訓練はいつまで続ければいいのかと思いまして……」

戦乱の世ならともかく、皇太子が剣の腕を上げようとすることに意味は見出せない。趣味の範囲で終わるのなら、他に力を注いだほうがいいのではと、ルカはそう考えたのだった。

皇位継承権一位の彼が学ぶべきは少なくとも剣ではない。勿論《もちろん》、学ぶべきことは学んでいるのだろうし、剣の稽古は朝食前の一時間ほどなので、今の段階で本人も『趣味』の一環と考えているのかもしれないが。

「負担か？」

リュシオンの問いはおそらく、ルカの答えを予想してのものと思われた。

「負担というほどではありません」

「負担に感じたらすぐ、報告するように。私がかわろう」

「団長が？」

驚いたせいでつい、声が大きくなった。それがリュシオンを驚かせたのか、珍しく目を見開いている。

「失礼しました。どう考えても団長のほうが私より忙しいのにと思ったので……」

負担を肩代わりしてもらうわけにはいかない、とルカが告げると、リュシオンはまた苦笑し、こう答えてきた。

「私がかわると言えば、殿下は訓練をやめると言うに違いない」

「……！」

そういうことか、と納得すると同時に、ここは納得していいところだろうかという疑問を覚え、ルカの相槌《あいづち》はしどろもどろになってしまった。

「あの……いえ、その……」

「そういえば」

ルカの態度に触れることなく、リュシオンが話題を変えてくる。

「その後、アンドレア第二皇子からの接触はあったか？」

「……っ」

不意に出されたアンドレアの名に、ルカは思わず息を呑んだ。が、すぐ、答えねば、と慌てて口を開く。

「い、いえ。その後は特に……」

どうしてアンドレアの名が出たのかと考え、リュシオンが剣術を指導するという流れからか、と、ルカはすぐさま納得した。

「団長に指導を受けるという話はどうなりましたか？」

実現していないところを見ると、アンドレアが辞退したのだろうと予測しつつ、確認を取る。

「ヴィンセント殿下から依頼があったので、アンドレア第二皇子の側近に連絡を入れたが、不要とのことだった。断り方は丁重だったが」

相変わらず淡々と答えたリュシオンだったが、「だが」と言葉を続けたとき、彼の眉間には珍しく不快さを物語る縦皺が寄せられていた。

「やはりお前から指導を受けたいというのがアンドレア殿下の意向だと言われたので断った。執拗にお前と接点を持ちたがっているようだ」

「……それは……」

そんなことになっていたとは、とルカは驚きつつ、底知れない気味の悪さを感じていた。

アンドレアに目をつけられたことはわかってはいた。が、ヴィンセントにきっぱり断られた時点で普通は諦めるだろうと、安堵していたというのに、リュシオンにまで食い下がってくるとは驚きだった。

ソードマスターに覚醒する可能性があると知り、自分の手足として欲しくなったのだろうか。なんにせよ、リュシオンが断ってくれてよかったと、ほっとしたルカは、感謝の気持ちからリュシオンへと視線を向けた。と、リュシオンがじっと己を見つめていたことに気づき、なんだろう、と目を見返す。

「団長?」

「……いや。なんでもない」

問いかけるとリュシオンはなぜか、すっと目を伏せてしまった。

「?」

何か不快にさせたのかと案じかけたのがわかったらしく、リュシオンがまたさっと目線を上げ、ルカを見る。

「言い方に迷っただけだ。アンドレア殿下とはできるかぎり、接触を避けたほうがいい。もし、彼から直接、剣術を教えてほしいと持ちかけられたら、私が禁止していると言うといい。皇帝陛下にも話を通しておくから」

「……は……はい。はい……っ」

皇帝陛下まで持ち出され動揺したものの、同時に頼もしさも感じ、ルカは何度も首を縦に振っていた。目の前のリュシオンの表情が心持ち明るくなったように見える。

そうだ、とルカは、この機会に、アンドレアの立ち位置を確認してみようと思いついた。

「アンドレア殿下がヴィンセント殿下と話しているところに居合わせたのですが、なんというかアンドレア殿下は酷く遠慮をしているようで……」

『卑屈』と言ってしまいたいが、語弊があるかもしれないと表現を選ぶ。しかしそんな気遣いは無用だったと、ルカはすぐに知ることになった。

「周囲からの同情を引こうとしているのだろう。自分が虐げられているという評判を立てたいようだが、皇帝皇后両陛下からもヴィンセント殿下からも随分と気を遣われているというのが実情だ」

「そうなんですね」

前世では冷遇されていると本人がよく口にしていたが、あれも偽りだったと、そういうことなのかと、ルカは記憶を辿《たど》った。

『メイドの子だからと、父上は目も合わせてくれない』

『兄上は僕をいない者のようにして振る舞う』

『皇后陛下に毒を盛られたことがある。僕の存在自体が許せないのだろう』

常に傷ついた表情を浮かべていたアンドレアを疑ったことなどなかった。というのもルカが皇帝や皇后、それに皇太子ヴィンセントと直接かかわりを持つ機会は皆無だったからである。

そういえばリュシオンについても、酷いことを言っていたと、今更ながらルカはアンドレアの言葉を思い出していた。

『ソードマスターの彼の、僕への視線は虫けらを見るのと同じものだ。彼にとっては血筋の卑しい僕は虫けら同然なんだ』

酷い、と、憤ったものだが、あれも嘘だったのだろう。暫《しば》し一人の思考の世界を漂っていたルカの意識は、リュシオンに話しかけられ、彼へと向くことになった。

「ヴィンセント殿下に対しては殊更おどおどしてみせるが、殿下は上手《うま》く捌《さば》いている。私が忠告する前から殿下自身が、気弱そうにしているがアンドレア殿下の目には消そうにも消しきれない野望の光が燃えさかっているのに、気づいていたようだ」

「皇位を狙っているということですか？」

前世では間違いなく狙っていた。前世と今世で、ルカ自身を取り巻く環境は随分と変わっているが、他の人間もまた、違う道を選ぶということはあるのか。

少なくともヴィンセントはルカに殺されることはない。ルカにその意志がないからだが、ヴィンセントの性格は、前世と同じかと問われたら、『わからない』としか答えられない。リュシオンとも接点がなかったのでわからず、唯一確かめることができるのはアンドレアのみだが、アンドレアの中身は前世と同じなのだろうか。

今のリュシオンの話を聞く限り、野望は持っていそうである。しかしそれは前世でルカがアンドレアからの伝聞で得た知識と同じことになるのではないか。

アンドレアが本当に皇位につくことを狙っているかどうかは、本人と直接対面してみないと判断はつかない。しかし、それを知ってどうするというのだと、このあたりでルカは我に返ったのだった。

アンドレアが実際に皇位を狙っているとしても、リュシオンもヴィンセントも、ルカに彼を殺せと命令したわけではないのだ。

前世ではアンドレアはルカを洗脳し、ヴィンセントら皇族を殺させた。もし、今、リュシオンが洗脳しようとしても、ルカに何を命じるというのだろう。

ソードマスターになれ。彼から受けた指示はそれのみだ。しかもそれはソードマスターになれば道が開けるという、ルカの将来を見据《みす》えての指示なのである。

これもまた洗脳なのかもしれない。しかしルカは自分の目で、耳で、帝国の現状を見て、聞いている。今、帝国内は平和が保たれている。皇帝陛下の治世のもと、国は潤い、周辺諸国に対しても圧倒的な強さを誇っていて戦火が上がる兆しもない。

前世ではルカは、帝国の危機をアンドレアから懇々と説明され、それを信じ込んでいた。男爵家で貧しい生活を強いられていたこともあって、国が貧しいと言われれば実感として信じることができたし、周辺諸国との関係が悪化していると言われれば、納得するしかなかった。アンドレアを信じ切っていたからである。

帝国民のために自分は立ち上がる。だから手を貸してほしい。手を握り、涙を浮かべながらアンドレアがルカに命じたのは、『暗殺』だった。違和感を持つことなく、言われるがまま剣を振るい続けていたとは。もしアンドレアに殺されていなかったら、彼を疑うことはなかった。自分自身のこととはいえ回帰した今となっては愚かすぎて許せないとすら感じてしまう。

「軽々しく言えることではないが、私はそう見ている」

リュシオンはアンドレアに野望ありと判断している。だからこそ接触を避けたほうがいいという忠告をしてくれているのだろう。

しかし彼がするのは『忠告』までで、その先を命じられることはない。それが答えということかもしれない。いつしかルカはリュシオンの銀色の瞳を凝視してしまっていた。リュシオンもまた、ルカを見つめ返している。

時が止まったかのように、二人、言葉を交わすこともなく視線を絡ませている。その状態からルカが我に返ったのは、リュシオンが何かを言いかけたあと、すっと目を伏せたせいだったが、何を言おうとしたのかと問うことはなぜかそのときのルカにはできなかったのだった。

7

剣術大会当日、ルカをはじめとする白騎士団の第一小隊はリュシオン共々、審判として参加していた。皇帝主催の大会ゆえ、運営は白騎士団に任されている。第一小隊は白騎士団の中でも実力が突出した騎士たちの集まりであり、彼らの中の誰であっても出場すれば優勝は間違いなしといわれており、そんな彼らがくだすジャッジに異議を唱える参加者は誰一人としていなかった。

参加者は前年より倍増していたが、皇帝が望んでいる『身分を問わない』層からの実力者は今年も現れなかった。

早朝から始まったトーナメント形式の試合で、午後まで勝ち上がっているのは、各騎士団の実力者とヴィンセント皇太子のみ、という結果となっていた。

「ルカ、試合、見てくれたかい?」

休憩時間にヴィンセントは頬を紅潮させ、ルカの近くにやってきた。

「拝見しました」

指導をしているだけに、やはりヴィンセントの勝敗は気になり、ルカはリュシオンに頼んでヴィンセントの試合を観戦できるように、審判として担当する試合の予定を組んでもらっていた。

「先程父上にも褒められた……というか、まさか勝ち上がるとはと驚かれた。よほど信用がないらしい」

苦笑するヴィンセントにルカは、

「そんなことは」

ないでしょう、と相槌を打とうとし、ヴィンセントの軽口だと気づいてそこで止めた。

「自分でも驚くほど調子がいい。いつも相手をしてもらっているのがルカだからだろうな。対戦相手を強いと感じることがないんだ」

「これからあたる相手は、剣術の実力的には殿下より格上ですから」

油断しないように、とルカが告げると、ヴィンセントは「わかってる」と明るく笑って頷いた。

「優勝できるとはさすがに思っていないよ。来年はどうなるかわからないけれど」

「………………」

悪戯《いたずら》っぽく笑うヴィンセントに対し、実際、そのとおりだと考えていたルカは反応に迷った。それを見てヴィンセントは、

「冗談だからね？」

とまたも苦笑し、ルカの顔を覗き込んできた。

「これからも指導をお願いするよ。それじゃあ、またあとで」

選手に集合がかかったため、ヴィンセントはルカに笑顔を残しその場を立ち去っていった。

「殿下は本番に強いな」

と、背後から声をかけられ、ルカははっとし振り返った。いつの間に近づいてきたのか、リュシオンがルカのすぐ背後に立っており、立ち去っていくヴィンセントへと視線を向けている。

「正直、ここまで勝ち上がるとは思っていませんでした」

ルカの言葉にリュシオンもまた頷く。

「いいところを見せたいのだろう」

「皇帝陛下にですか？」

誰に、という言葉がなかったためルカはそう推察したのだが、リュシオンはそれには答えることなく、話題を変えてきた。

「何か問題はあるか？」

「いえ、特には。試合運びも順調だと思います」

ルカが審判を務めた試合は、勝敗も明らかで揉《も》めることもなかった。目の届く範囲では、特に問題になるようなことはなかったように思うが、とルカはリュシオンに問いかけた。

「何かあったのですか？」

「いや……なんとなく嫌な予感がするだけだ」

答えたリュシオンがルカを見る。

「嫌な予感……」

感じないか？　と問われているとわかったが、ルカは首を傾げるしかなかった。まったくそのような気配を感じなかったためである。

「申し訳ありません。特には」

「謝罪の必要はない。お前が感じないのであれば、特に何も起こらないのだろう」

おそらく、とリュシオンが言葉を残し、立ち去っていく。その後ろ姿を眺めながらルカは、何か感じるだろうかと、五感を研ぎ澄ませてみた。

「…………」

目に入るものも、耳に聞こえるものも、特段不穏な動きはしていないように思われる。しかしリュシオンが『嫌な予感』というからには、何か起こるのではないかと、ルカは案じずにはいられなかった。

なんといってもリュシオンはソードマスターであり、その上神聖力の持ち主でもある。そんな彼が何かの予兆を感じているのだから、事故的状況が起こらないはずがないのである。

更に五感を研ぎ澄ませるべく、意識を集中させるも、やはりルカが感じるものは何もなかった。

情けない、と自己嫌悪に陥る。もしも現段階でソードマスターとして覚醒していれば少しは敏感に危機を察することができるのか。剣の実力に関しては、今、白騎士団でルカの右に出るものはいない。だがリュシオンに稽古をつけてもらっているときに、圧倒的な実力差を思い知らされる。

ソードマスターの力というのはある意味、人間の領域ではない。人間の身体能力では到達し得ないところにあるのではと、ルカは最近思うようになっていた。だとすれば何をすれば覚醒できるのか。努力で贖えるのであればいくらでも努力する。しかしこの世には、報われない努力もあるということをルカは知っていた。

剣術に関してではない。『身分』という、自分ではどうにもならないことを理由に、前世では――今世でもリュシオンに出会うより前には、理不尽な思いをすることが多かった。

ソードマスターになるのに身分は関係ない。だが『素養』『才能』というものが必要なのではと、ルカはそう考えるようになっていた。

努力では決して得られない、生まれもっての素養、才能が、果たして自分にはあるのだろうか。あればとっくの昔に覚醒していると思わなくもない。

だがたとえソードマスターになれなくとも、白騎士団の一員ではある。生活に困ることもないし、騎士としてのやり甲斐《がい》も感じている。

このままでもいいのでは――と、そんなことを考えてしまう自分が、ルカは許せないのだった。

向上心を持たないでどうする、と己にカツを入れるために、両手で頬を叩《たた》くとルカは、午後の試合の審判を務めるため、会場へと向かった。

午前中のトーナメント戦は、広い会場を四区画に区切った、それぞれの場所で行われていたが、午後の試合は会場全体を使い、一戦ずつ行われることになっていた。貴賓席には皇帝と皇后をはじめとする皇族が座っている。ヴィンセントは選手として出場しているため、彼の席は空席となっていた。

一席空けて座っているのはアンドレアだった。皇帝が彼に何か声をかけているのに気づき、ルカは心の中で、嘘つきめ、と呟いていた。

『父上は私に目もくれない。私を穢《けが》らわしいものであるかのように目を逸らせてしまうのだ』

話しかけてもらったことなど、数えるほどしかない。親からの愛情など、夢のまた夢だった。

前世で聞いた恨み言は嘘だったのだろう。母親の身分が低いため、父親や異母兄弟からつらくあたられていた話を、彼にした記憶がある。

自分も同じだ。同じ体験をした我々の魂は深いところで繋がっているのだ。アンドレアの言葉は前世のルカにとってはまさに『救い』だった。

結果、彼のためならなんでもしたいと心から願うほど、心酔してしまっていた。気づかぬうちにルカは唇を嚙《か》み締め、アンドレアを睨《にら》んでいた。が、彼の視線が自分に向けられそうになると、はっと我に返り、気づかれぬよう、すっと目を逸らしたのだった。

午後の試合は、定刻の開始となった。ヴィンセントが出るのは二試合目で、ルカは三試合目の審判を受け持つことになっていた。

一試合目は通称青騎士団、皇后付の第二騎士団のナンバーツー対、ルカが採用試験を受けにいった第五騎士団の団長、マルクだった。実力は互角で、試合は長引いたが、結局、マルクが第二騎士団のナンバーツーの剣を剣で飛ばし、勝利した。

やれやれ、と勝利に安堵した様子のマルクはルカが側で見ていたことに気づき、やあ、と手を振ってきた。覚えていてくれたのかと驚きつつ、ルカは、おめでとうございます、と丁寧に頭を下げ、祝意を伝えたのだった。

第二試合にはいよいよヴィンセントが出場する。屋外の競技場の客席は、試合に出場した者やその家族の他、多くの観客で埋まっていた。

ヴィンセントの名が呼ばれると、競技場が震えるほどの声援があがった。

「皇太子殿下ー!」

「ヴィンセント殿下、がんばってー!」

黄色い声援も多い。見目麗しい皇太子の人気は高いのだった、と今更思い知っていたルカは、ヴィンセントが客席に手を振って応えたあと、ちらと自分に視線を向けてきたことに気づいた。

にこ、と微笑むと客席にどよめきが走る。ヴィンセントが剣を構えると、また声援が上がったが、審判を務めるリュシオンが、

「静かに」

とよく通る声で注意を促すと、競技場には静寂が訪れた。

観客の声にかき消されることなく、逆に声援を静めるとは。さすがだ、とルカは、いつもとかわらぬ落ち着き払った様子で選手二人の間に立つリュシオンへと尊敬の眼差《まなざ》しを向けた。

対戦についての説明のあと、リュシオンの「はじめ」という合図で試合は始まったのだった。

ヴィンセントの相手は、第二皇子付の黒騎士団の第二小隊の長だった。実力的にはナンバースリーくらいかと思いつつ、ルカはヴィンセントの戦いぶりを注視していた。

午前中の試合では綺麗《きれい》なフォームを保てていたが、相手が実力者というのと、疲労が溜《た》まってきたのか、やや肩が落ちているように見受けられる。

これは負けるかもしれないとルカが思ったそのとき、いきなり——本当にいきなり、空が真っ黒い雲に覆われ、何事かとルカは身構えつつ、試合を続ける二人を見やった。

「一旦、中断するように」

リュシオンの声が響くと同時に雷鳴が轟《とどろ》き、黒い雲に稲妻が光る。

雷雨でも来るのか。生温かな風を感じながらもルカは、違和感を覚え、競技場内に足を踏み入れた。そのままリュシオンやヴィンセントのもとへと走り寄る。

「ルカ、ここは任せた」

と、リュシオンが短く告げた次の瞬間、彼の姿は目の前から消えていた。

「リュシオン？」

ヴィンセントがぎょっとした声を上げる。これがリュシオンの言っていた『嫌な予感』の正体だろうかと思いつつルカはリュシオンが向かったであろう場所へと視線を向け、いつの間に到着したのか貴賓席にいる彼の姿を予想どおり見つけたのだった。彼はヴィンセントをルカに託し、自身は皇帝と皇后の身の安全を守りに行ったのである。

「殿下、私の側を離れないでください」

禍々《まがまが》しい闇の中から一体何が現れるのか。予想はつかなかったが、絶対に守り切ってみせるとルカは決意を固め、ヴィンセントを庇《かば》うようにして前に立った。

「ルカ、何が起こっているんだ？」

背後でヴィンセントが不安そうな声を上げる。

「わかりません。申し訳ありませんがお静かに願います」

集中力を欠くわけにはいかない。不敬だとは思ったが、ルカは振り返りもせず短く言い捨て、全神経を研ぎ澄ませる。と、次の瞬間、雷鳴が轟き、黒雲から閃光《せんこう》が一筋、真《ま》っ直《す》ぐにヴィンセントの上へと落ちてきた。咄嗟《とっさ》にルカはヴィンセントを抱えて背後に飛び、避《よ》ける。

雷が落ちた——というわけではなさそうだった。もうもうと黒煙が上がる、その間から、巨大な影が現れたのを見て、ルカは声を失った。

獅子《しし》の頭に山羊《やぎ》の身体、大蛇の尾を持つキマイラ。光る目と鋭い歯や爪を一瞬にして認識したものの、この世に存在し得ない生物のいきなりの出現に、ルカは一瞬、混乱した。が、すぐさま我に返り、攻撃してきたそれを迎え撃つ。

キマイラなど、書物の世界でしか知らない。魔獣の類は二百年以上前に大聖女により封印されたはずだった。なのになぜ今頃になって現れたのかはわからない。とにかく倒すまで、と剣を抜く。

魔獣はルカを狙っているのではなく、ルカの背後にいるヴィンセントを狙っているとわかる。もしや、と観覧席に視線を向けると、いつの間に出現したのか、ワイバーンが十数匹、貴賓席にいる皇帝らの上空に押し寄せていた。

既にリュシオンは剣を抜き、皇帝や皇后を守りながらワイバーンに立ち向かっている。幸いこちらはキマイラ一頭。倒せぬはずがない、とルカもまた剣を構え、キマイラに向かっていった。

キマイラの動きは素早かった。ルカの剣を避け、喉笛を狙ってくる。魔物を倒す術など、ルカが知る由もない。しかも魔力を使っているのか、形の似る獅子とは比べものにならないほどキマイラの動きは素早く、そして破壊力は凄《すさ》まじかった。

襲いかかってくる前脚を落とそうとしても、爪で遮られ、逆に剣を摑まれそうになる。

一人で戦うのであればもう少し俊敏に動けるのだが、ヴィンセントを庇っているので攻撃に全力を尽くせない。

キマイラがヴィンセントの命を狙っているのは確実だった。彼を守るにはキマイラを倒すしかない。しかし魔獣を倒す術を知らないルカにとっては、キマイラの攻撃を防ぐだけで手一杯だった。一体急所はどこなのか。心臓を狙えばいいのか。それとも頭を切り落とす？そもそも剣先が胴体に到達していないのだが。ヴィンセントを庇い、ルカは必死でキマイラに剣を向けたが、押されるばかりで攻撃はまるでできなかった。騎士たちは皆、それぞれに魔獣と戦っており、助太刀《すけだち》を頼める者は周囲にいない。

リュシオンのいるところまでヴィンセントを連れていけたら、彼を救うことができるのではないか。少なくとも自分よりは可能性が高いに違いない。となれば、とルカはキマイラが追い詰める方向をなんとかリュシオンの方へと調整しようと試みた。

「ルカ……っ」

作戦として、魔獣に弱みを見せているのを、ヴィンセントは本当だと思ったらしく、思い詰めた声で名を呼んだかと思うと、彼もまた剣を構えようとする。

「大丈夫です、殿下」

ヴィンセントの能力は共に戦うのに足手まといになるということはない。充分、助けになるものなのだが、攻撃される確率も格段に上がるため、ルカは彼を制しようとした。

「逃げてください。団長のところに。その間私があれを引きつけておきますので……！」

倒すことはできなくても、防ぐことはできるはずだ。ヴィンセントの身の安全の確保が今、自身が為《な》すべきことだと、ルカは少しの迷いもなくそう考えることができていた。

「早く！」

キマイラが身を低くし、構えている。魔獣の目はルカを飛び越え、背後で剣を構えるヴィンセントに向いていた。

「お前を残していけるはずがないだろう！」

ヴィンセントが叫ぶようにしてそう言い、じり、とキマイラに向かい一歩を踏み出そうとする。

「いけません、殿下！」

自分から向かっていってどうする、とルカは慌ててヴィンセントを止めようとした。が、そのときにはキマイラがヴィンセントに飛びかかっていた。

鋭い爪がルカの頬を掠《かす》め、背後にいるヴィンセントの首筋に向かう。

間に合わない――！

すべての動きがスローモーションのように、ルカの目には映っていた。キマイラの燃えるような目がヴィンセントをとらえる。鋭い爪は今や、ヴィンセントの頸動脈《けいどうみゃく》をかっ切ろうとしていた。咆吼《ほうこう》が周囲に響く。最早止める術はない。しかし諦めるわけにはいかない。なんとしてでも守らねば――その瞬間、ルカの身体に変化が生まれた。

目に映るすべてのものは相変わらずスローモーション状態である。が、手足は普段どおりに動く。不思議に思う余裕はなく、ルカは剣を構え直すとキマイラの、獅子の頭の眉間に剣先を突き立てた。

「……っ」

驚くほどスムーズに、剣はキマイラの身体に飲み込まれていく。一体何が起こっているのかと戸惑うほどだったのだが、どうやらその一撃でキマイラの命を奪うことができたらしく、ドサリとその場に倒れ、身動き一つとらなくなった。

「……え……？」

キマイラから剣を引き抜いたとき、その手が発光していることにルカは気づいた。手だけではなく、身体全体が、青白い光に覆われているのがわかる。あれだけ苦しかった呼吸は規則正しく、疲労もまったく覚えていなかった。ああも激しく、そして長い時間戦っていたのに、と首を傾げたルカの耳に、ヴィンセントの上擦った声が響いてくる。

「ルカ……覚醒、したんじゃないか？」

「えっ？」

言われて初めてルカは、自分の今の状態がなんであるかに気づいた。当然ながら『覚醒』に至っていなかったため察することができなかったのである。

「オーラを放っているのだと思う。以前、リュシオンがそうなっているところを見たことがある」

ヴィンセントの目が輝いている。

「……覚醒……」

そうか、と察すると同時にルカは、そのリュシオンは、と慌てて彼が戦っていたほうへと視線を向けた。

「団長！」

既にワイバーンの群れは片づいており、リュシオンは皇帝や皇后の無事を確認しているように見えた。ルカの呼びかけに視線を向けてくれ、ニッと笑って頷いてみせる。

他の魔獣もまた、リュシオンが片付けていたらしく、最早一匹も残っていなかった。リュシオンが皇帝に何かを告げたあと、ルカのほうへと向かってくる。

「覚醒……したんでしょうか？」

リュシオンに確認を取るまでルカは、自分が覚醒したことを信じられずにいた。

「ああ。間違いない。覚醒しなければキマイラを一撃で倒すことなどできないだろうからな」

いつもは表情を変えないリュシオンが、珍しく声を弾ませていた。美しい顔には笑みも浮かんでいる。

「ルカ、よくやった。そしておめでとう」

「……団長……っ」

リュシオンの言葉に、優しい眼差しに、ルカの胸が熱く滾る。ソードマスターとして覚醒したことは勿論嬉しい。だが、それ以上に嬉しいのは、リュシオンが我がことのように喜んでくれている、その姿だった。

「ソードマスター誕生の瞬間に居合わせたとは。なんたる幸運」

ヴィンセントもまた喜んでくれていた。彼をなんとしてでも守らねばという状況がなければ、覚醒はなかった。それでルカは改めてヴィンセントに礼を述べることにしたのだった。

「殿下のおかげです。ありがとうございます」

「いや、私が何をした？？」

ヴィンセントがこの上なく不可解そうな顔になる。

「殿下を守ろうとして覚醒したんですよ」

だがリュシオンがその理由を教えると、一瞬、笑顔になったものの、すぐ眉間に縦皺を寄せた。

「覚醒の役に立てたのは嬉しいが、男としては複雑だな。弱いのが功を奏したというようで」

「誰もそんなこと、思いはしませんよ」

リュシオンが呆《あき》れてみせたのを前に、どのような反応を見せればいいのか困っていたルカはほっとした。ヴィンセントが冗談を言っているようには見えなかったからだが、リュシオンの言葉を聞いて笑顔になったところを見ると、冗談だったのだろうと判断する。

「男としての矜持《きょうじ》だよ。剣術大会に出場を決めたのはそれなりに剣の腕前に自信があるからだ。守られるばかりではなく守りたいと思っているから。愛する人をね」

笑顔のままヴィンセントがルカに視線を向けてくる。またもルカは彼の言葉の意味を図りかね反応に困ったが、剣の腕前を上げたのは自分だと言いたいのかと判断し、頷いた。

「殿下は充分、人を守ることができる実力をお持ちです」

「……人じゃないんだけど……」

ぼそ、とヴィンセントが呟く。

「？」

人間ではないのなら動物だろうか。首を傾げたルカは、ポンとリュシオンに肩を叩かれ、視線を彼へと向けた。

「オーラを出し惜しむ必要はないが、放ち続けている必要もない。気を静められるか？」

「え？　あ、はい」

未だ、自身の身体が発光し続けていることにルカはようやく気づいた。だが、どうすれば漲《みなぎ》る力を収めることができるのかがわからない。

「あの……」

気を静めるというのであれば、深呼吸でもすればいいのだろうか。息を吐き出してみたが、身体の変化がないことで、ルカはやり方をリュシオンに問うた。

「覚醒の最初は力を持て余すことが多い。そのうちに自在に操れるようになる」

リュシオンはそう言うと、ルカに向かいすっと手を伸ばしてきた。

「…………っ」

右手で両目を塞《ふさ》がれる。冷たい掌《てのひら》の感触を肌に得たとき、一瞬、ルカの身体は強張った。が、すぐにリュシオンの手から感じる温もりに、身体の緊張感が解《ほぐ》れ、気持ちが落ち着いてくるのを察する。

「剣を構えてみろ」

今、ルカの身体からはオーラの青白い光は発していなかった。リュシオンに言われ、剣を抜いて構える。と、剣はあっという間に青白い光に包まれ、その光はルカの全身へと巡っていった。

「凄《すご》いな」

ヴィンセントが心底感心したようにその様を見つめている。ルカもまた、自分の身体の反応に驚いていた。

「剣を収めろ」

リュシオンの指示に従い、剣を鞘《さや》に収める。と、光もまた剣と共に引いていったのだが、それを見てリュシオンが満足そうに頷いた。

「それでいい。剣を抜いているときに常にオーラを出す必要はないがな。必要なときがそのうちにわかってくるはずだ」

「はい」

ソードマスターにしか伝えられないことだと、ルカは聞きながら実感していた。この世界に——少なくともこの帝国内には、ソードマスターはリュシオン一人しかいない。二人目のソードマスターに本当に自分がなれるとは、と今更のようにじわじわと実感が湧いてきて、ルカはまさに感無量という心境になっていた。

出会って間もなく、リュシオンはルカに「ソードマスターになりたくないか」と問うてきた。当然、なりたいと願い、なるための努力も怠らなかった。だが、どれだけ努力しても兆しさえ見ることが叶《かな》わず、やはり不可能ではないかと何度も諦めかけた。

ソードマスターになれなくとも、白騎士団ではリュシオンに次ぐ実力を身につけることはできた。充分だと考えたこともあったが、それでも、なりたいという希望を捨てることはせず、研鑽《けんさん》を重ねた。

希望は捨てなかった。だが実際なってみると、やはり奇跡としか思えない。自分はしがない男爵の息子、しかも男爵が気まぐれで手をつけたメイドの子供である。自身では出自について思うところはさほどないが、他人から蔑まれても仕方がないとは考えていた。だからこそ身分に関係なく実力だけが問われる第五騎士団に入ろうとしていたわけだが、そんな自分がまさか、ソードマスターになろうとは。

「本当に素晴らしいことだ。そうだ、大々的に世に広めよう。帝国に二人目のソードマスターが出現したと！　父上に掛け合うよ」

ルカも充分昂揚《こうよう》していたが、ヴィンセントはルカ以上に興奮していた。声を弾ませる彼にリュシオンが冷静に話しかける。

「それより前に、魔獣の出現について、早急な調査が必要となります。申し訳ありませんが、殿下の剣術の指導については、暫《しばら》くの間、中断させていただきたく存じます」

「え？　私の稽古を？」

ヴィンセントは意外そうな顔になったが、すぐ、

「その調査をルカがするということか？」

と、リュシオンの言いたいことを察し、確認を取ってきた。

「はい。私とルカで」

「団長と私で？」

リュシオンの指示であれば、どのようなものであってもルカは従うつもりでいた。指示を

下される前に、ヴィンセントへの説明で知ったわけだが、どのようにして魔獣の出現の謎《なぞ》を探ればいいのか見当がつかず、あとでリュシオンに問おうと考えていた。

まさか共に行うとはと驚くと同時に、頼もしさを感じ、リュシオンが「そうだ」と答えるのを待たず、ルカの顔には笑みが浮かんだ。

「私も協力できないか？」

と、ヴィンセントが横からリュシオンに向かい、やる気に溢《あふ》れる言葉を告げる。それに対してリュシオンは、

「不敬を恐れず言うと、足手まといです」

とばっさり切り捨てていた。

「本当に不敬だな」

ヴィンセントが苦笑しつつも残念そうな顔になる。

「申し訳ありません」

だが稽古ができなくなったことを詫びたルカに対しては、気にしなくていいと微笑んだ。

「私もそこまで狭量ではないよ」

しかも帝国を守るためなのに、とヴィンセントは告げたあと、ルカに手を差し伸べてきた。

「ソードマスターの君に相応しい言葉ではないかもしれないが、気をつけて」

「ありがとうございます」

跪《ひざまず》き、礼を言おうとするのをヴィンセントが遮る。

「戻ってきたら、指導を再開すると約束してくれるかい？」

「勿論です」

即答したのは、皇太子の依頼を断ることなどできようはずがないと考えたからだが、それを聞いてヴィンセントは嬉しそうな顔になった。

「また共に朝食をとれる日が来ることを、心待ちにしているよ」

「…………」

楽しみにしているのは剣の稽古ではないのかと思いはしたが、これもまた冗談の一つなのかもしれないとルカはそこは指摘せずにすませた。隣で呆れた表情を浮かべていたリュシオンが、ルカに声をかける。

「早速仕度にかかる」

「はい」

リュシオンが自分の力を求めてくれたのはこれが初めてではないかと思う。彼の期待に添えるよう、尽力しよう。

やる気に燃えるルカは、その『やる気』の源にどのような気持ちがあるのか、そのときにはまるでわかっていなかった。前世でも今世でも抱いたことのない感情が、今、彼の胸に宿っていたのだった。

8

翌日、ルカはリュシオンと共に北へと向かい旅立った。辺境の地に皇帝しか足を踏み入れることを許されていない大聖堂があり、そこにいる大聖女に会いに行ったのである。

皇帝に謁見を申し入れる際、リュシオンはルカの同席を願った。ソードマスターとなったルカには、自分も会いたかったのだと、皇帝は喜んで申し出を受け入れただけでなく、謁見ではなく食事にしようと、リュシオンとルカを晩餐《ばんさん》に招待したのだった。

ルカは緊張しすぎて、食事が始まってから終わるまでの間、ほぼ、口をきくことができなかった。会話はもっぱら皇帝とリュシオンの間で交わされていたが、リュシオンは勿論敬意は払っていたものの、皇帝に対する態度は実に堂々としていて、そんな彼にルカは見惚れずにはいられなかった。

晩餐の席に皇帝しかいないことに、ルカは違和感を抱いた。皇后や皇太子不在の理由は、食事を終える頃、リュシオンの口から語られたのだった。

「大聖堂への訪問の許可をいただきたいのです」

「北のか」

皇帝が納得した顔になる。

「謁見の目的はそれか。しかしそなたも律儀だな。余の許可など不要だろうに」

「規則は規則ですから」

リュシオンが淡々と答えるのを前に、皇帝は苦笑したが、すぐ真面目な顔に戻り、問いを発した。

「魔獣の件だな？　結界にほころびでも生じたのだろうか」

「それはあり得ないかと……」

リュシオンの言葉に皇帝もまた頷いている。

「余もそう思う。しかし実際、魔獣は現れた。早急に対策を練らねばならぬ。頼んだぞ、リュシオン卿」

「は」

一言で答えるとリュシオンはルカをちらと見やり、また視線を皇帝へと戻し口を開いた。

「ソードマスターとなった彼を連れていきます。その間の皇室の警護については白騎士団が責任を持ってあたりますのでご安心ください」

「まさか生きている間にそなた以外のソードマスターの出現を見ることができるとは思っていなかった。リュシオンがその素質を見抜いたそうだな」

皇帝に話しかけられ、ルカは頭の中が真っ白になってしまった。

「あ、あの……」

そのとおりです。そう答えればいいだけなのに、言葉が何一つ浮かばない。

「よからぬことを考える者の手に落ちる前に声をかけることができてよかったです」

ルカのかわりにリュシオンが答えてくれる。

「よからぬこと？」

会話がまた皇帝とリュシオンの間で交わされるようになったことへの安堵を覚えたのも束《つか》の間、リュシオンの発言にルカは彼と出会ったときのことを思い出し、今更の疑問を覚えた。

リュシオンは自分が罠《わな》に嵌《は》められようとしていることを既に『知っている』ようだった。トーナメント戦参加を妨害するべく怪我《けが》をさせようと絡んできた少年たちが誰であるかも把握した上で、何者かによる策謀だと見抜いていたが、彼がそれを知る機会が果たしてあっただろうか。

当時は、リュシオンはソードマスターであるので見抜いたのだろうと納得していたが、あの場を通りかかっただけでそれを見抜くことができるものだろうかと、ルカは首を傾げた。

自分もまたソードマスターにはなったが、剣を握ったとき以外、今までとさほどの変化を感じない。リュシオンは大聖女の息子であり、神聖力を持っているので、それでわかったのかもしれない、と思いついたところでリュシオンが退席を申し入れ、晩餐はお開きとなった。

「明日出発します」

「うむ。頼んだぞ、リュシオン。そしてルカ」

皇帝に声をかけられ、ルカはただただ恐縮し、満足な返事もできなかった。帰り道、ルカはそのことに落ち込んでいたのだが、それを見抜いたらしいリュシオンに声をかけられ、彼を見やった。

「ソードマスターになれば皇帝と顔を合わせる機会も増える。徐々に慣れていけばいい」

「……ありがとうございます」

こうして人の心を読むことに長《た》けているのも、ソードマスターだからではなく神聖力の賜《たまもの》なのだろう。改めて納得しているとリュシオンは、くす、と笑いルカへと手を差し伸べてきた。

「前にも言ったろう、顔を見ればわかると。お前は考えていることがすべて顔に出るから」

頬にリュシオンの指先が触れたとき、ルカの鼓動が一気に跳ね上がった。ドキドキと心臓の音が速まり、頬に血が上ってくるのがまた恥ずかしい。

思わず目を伏せたルカの耳に、リュシオンの淡々とした声が響く。

「ソードマスターになった暁には、その頬の傷を治すつもりだったが失念していた。すぐに治してやれず悪かったな」

「いえ、そんな」

傷のことなど忘れていた。頬に傷を負って長いこと過ごしたため、最早傷はルカにとってあるべきものとなっていた。

「傷を消すのはもう少し先でもいいか？」

と、リュシオンがまた、意外な問いを発する。

「勿論です。ですが……」

傷はあったままでも別にルカにとっては問題などなかった。なので頷いたものの理由は気になり、リュシオンに問おうとした。それをもリュシオンは容易に察し、言葉にするより前に口を開く
「時が来たら話す」

彼の言葉は答えではなかった。『時』とはいったいいつのことなのか。ますます疑問が膨らんだが、それを問う隙をリュシオンは与えなかった。

「出立の準備を。明日、早朝にここを出る」

「わかりました」

返事をしたものの、ルカはやはり『時』がいつなのかが気になっていた。しかしリュシオンが全身で問いかけを拒絶しているのがわかるため、口を閉ざし彼のあとに続いたのだった。

翌日、ルカはリュシオンと共に辺境の地にある大聖堂を目指すべく北へと向かった。馬車ではなく馬となったのは、それだけ早く大聖女に会うためで、ひたすらに目的地を目指した彼らは、その日の夜遅くには大聖堂に到達することができたのだった。

深夜だったので訪問はできまいとルカは考え、どこか宿泊できる場所を探すのだろうかと考えていたのだが、暫く一人目を閉じていたリュシオンが伏せていた瞼を上げると、

「大聖女が会ってくれるそうだ」

と告げたため、驚いてつい、声高になってしまったのだった。

「か、会話をされたのですか？　どうやって？」

「頭の中で」

ごく当たり前のように答えるリュシオンにルカはほとほと感心し、気づいたときには彼を凝視していた。

「どうした」

「いえ……やはり団長は凄いなと」

「お前もソードマスターじゃないか」

リュシオンがふっと笑う。優しげな笑みにまたルカは目を奪われたが、

「行くぞ」

とリュシオンに促され、はっと我に返った。

「こ、このままでいいのでしょうか」

長いこと馬を飛ばしてきたので、髪も乱れ服も塵《ちり》や埃《ほこり》に覆われているように感じる。大聖女という伝説上の人物といってもいい人に会うのに、礼を欠いているのではと緊張していた

ルカに、リュシオンはひとこと、

「気にするな」

とだけ告げると、馬を進めていった。

リュシオンとルカ、それぞれが乗る馬が前に立つと、閉ざされていた門が開き、大聖堂へと続く道が現れた。

馬を下り、扉へと進むと自然と扉が開かれ、薄暗い通路が現れる。

「そのうちに目が慣れる」

言いながらリュシオンがすたすたと速い歩調で先へと進んでいく。ルカは遅れまいと必死で彼のあとを追ったのだが、リュシオンの言うとおり自然と目が慣れてきて、自分たちが石畳の狭い通路を歩いていることがわかってきた。

壁に明かりは灯《とも》っているが、間隔がかなり離れているので、常人であれば歩くことなどできないはずである。さすがリュシオン、と感心すると同時にルカは、自分もまた彼についていけていることに気づいた。

リュシオンの背を追っているからではあるものの、感じるはずの圧迫感をまるで覚えないのはもしや、ソードマスターになったからだろうか。自身の変化はよくわからないなと思いながら、目が慣れるほどの長時間、歩み続けた先に、黒い大きな扉が現れた。

リュシオンが手をかざすと扉は自然と内側に開き、ぼうっと奥で微かな光が灯っている室内の様子がルカの目に飛び込んでくる。

「リュシオン。久し振りですね」

微かな明かりが一気に明るさを増し、決して狭いとはいえない室内がぱっと照らされる。奥が祭壇となっているそこは、教会のような佇《たたず》まいとなっていた。

祭壇に立ち、リュシオンに微笑みかけてきた女性は、ルカが幼い頃、絵本で見た『大聖女』そのもので、白いローブを頭から被《かぶ》ったその姿は発光しているかのような美しさを湛《たた》えている。

金色の髪がローブの間から見える。容貌はどことなくリュシオンに通じるものがあった。本当に美しい、と見惚れていたルカだったが、彼女の視線が自分に注がれた瞬間、我に返り、慌てて目を伏せた。

「リュシオンから聞いています。あなたがルカですね。ソードマスターとして覚醒したとのこと、おめでとうございます」

「あ、ありがとうございます……！」

優しげな声で祝福され、ルカは礼を言うのでもう、いっぱいいっぱいとなっていた。緊張しすぎて顔を上げることができない。

「そうかしこまらなくてもいいですよ」

女性はくすりと笑うと、リュシオンを見やった。

「あなたのルカは可愛《かわい》いわね」

「大聖女様、からかうのはそのくらいにしてください」

リュシオンが呆れた顔で答える。やはり彼女が大聖女なのかと察すると同時にルカは、本当に『大聖女』は存在しているのだなと改めて驚いていた。

「確かに、ふざけている場合ではありませんでしたね」

大聖女は真面目な顔になり、リュシオンを見返す。

「結界が破れたのでしょうか？　あり得ないと思うのですが」

リュシオンが大聖女に問う。

「相変わらずあなたは、愛想というものがないのですね。すぐに用件に入るとは」

大聖女は苦笑したが、リュシオンが無言のままでいると、やれやれというように溜め息をつき、再び真面目な顔になった。

「あり得ません。とはいえ更に強固な結界を張り直してはいますが」

「ではなぜ、魔獣が出現したのでしょう」

リュシオンの問いに大聖女の眉間に縦皺が寄る。

「あの場に魔獣を召喚した者がいたのでしょう。黒魔術を使って」

「黒魔術!?」

驚きから声を上げたルカへとリュシオンの視線が移る。

「禁忌の術を使えば魔獣を召喚できる。とはいえ黒魔術師は帝国内に足を踏み入れることはできないはずだが」

リュシオンはルカにそう告げたあとに、視線を大聖女へと戻した。

「何者かが禁忌を破ったと、そういうことですね」

「ええ。とはいえもう、魔獣は召喚できないでしょう。結界内での神聖力を強めましたから。帝国内で黒魔術を発動させることはまずできません。魔王でも召喚されれば別ですが、魔王を呼ぶ術を知る人間は現世にはいないはずです」

「……！」

ただただ驚いていたルカではあるが、大聖女が告げた『現世』という単語に驚いたせいで、思わず息を呑んでいた。それが大聖女の耳に届いたようで、彼女の視線がまた、ルカへと移る。

「どうしました？　ルカ」

「いえ、あの……」

ルカの胸には今、自分の身に起こった現象について、大聖女に確かめたい衝動が湧き起こっていた。

明らかに自分は己の人生をやり直している。歳月が経つうちに、前世の記憶は現世の出来事に紛れていきつつあるが、それでも今の人生が二度目のものだということを、ルカは未だ確信していた。

一度命を落としたはずなのに、なぜやり直せているのか。それを聞いてみたかった。しかし、いざ、大聖女に問おうとすると、畏れ多すぎて上手く言葉が出てこない。

「あ、あの……今、仰《おっしゃ》った『現世』というのは、その、どういう……意味、というか、あの……」

『あの』『その』と、少しも言いたいことに到達しない。いっそ、自分が回帰したということをそのまま話すかと、ルカが必死に気持ちを整えようとしたとき、リュシオンが口を開いた。

「『現世』ということは、まさか他にも前世の記憶を持つ者がいるのですか。それとも『来世』から人が来る可能性があると？」

「な……っ」

今度こそルカは仰天したせいで、思わず声を漏らしていた。気づけば食い入るようにリュシオンを見つめてしまっていた彼は、そのリュシオンから視線を送られ、ますますその瞳から目を逸らせなくなった。

リュシオンが何かを言いかけ、口を閉ざす。彼の眉間に縦皺が刻まれたその理由は、とルカは考え、もしや、と思いついた答えに愕然《がくぜん》とした。

「ぼ、僕ではありません……！　僕は前世の記憶を持っていますが、黒魔術など使えません！」

「え？」

途端にリュシオンが戸惑った顔になる。と、大聖女が声を上げ笑ったものだから、ルカは驚いて――リュシオンはますます戸惑った顔になっていたが――彼女へと視線を向けた。

「リュシオン。そもそもあなたを回帰させたのはリュシオンなのですから」

ルカ。そもそもあなたを回帰させたのはリュシオンなのですから」

「ええっ？」

あまりに意外すぎてルカは大聖女の前だというのに、突拍子もないほどの大声を上げてしまっていた。

非礼を詫びることも思いつかず、今の言葉の真偽を確かめたくてリュシオンを見る。

「このようなおかしな誤解をされるなんて。リュシオン、あなたはルカに何も話していないのですか？」

大聖女が呆れたような口調となり、リュシオンに問いかける。

「…………ええ、まあ」

リュシオンが口ごもっているところなど、ルカは見たことがなかったため、困った様子となっている彼を前に、唖然《あぜん》としてしまっていた。

「ソードマスターとしての覚醒を機に打ち明けると言っていたではないですか」

ますます呆れた口調となった大聖女を前に、ルカの混乱は深まった。彼女の言いようだと、自分の回帰はリュシオンの手でなされたものということになるが、その理由がさっぱりわからない。

そもそも、前世ではルカはリュシオンと面識がなかった。一方的に知ってはいたが、自分の存在を彼が認識していたとは考えがたい。

見知らぬ相手を回帰させる、その理由は――？

「……あ！」

ルカの頭に閃《ひらめ》きが走る。それで思わず声が出たのだが、それ以上、何を言うより前にリュシオンの鋭い声音が響いた。

「それは違う」

「……え？」

ルカが思いついたのは、第二皇子であるアンドレアが皇位を継承することがないよう、時を巻き戻したのではないかということだった。

どのようにして知ったかはわからないが、リュシオンは皇太子である第一皇子ヴィンセント達皇族の命を奪ったのがルカだと知っていた。ルカがアンドレアの命令で彼らを殺したことがわかったので、そうならないよう、未来を変えようとしたのではないか。

それなら前世でまったくかかわりのなかった自分をも回帰させたことに納得できる。いや、できないのか。リュシオンの否定の意味は、と問おうとしたルカに、大聖女が苦笑しつつ話しかけてきた。

「よく考えてごらんなさい。もしもあなたが思うように、皇帝や皇太子の命を救うためだとしたら、その直前に時を戻し、あなたを捕縛すればよかったと、そういうことになりませんか？　前世のあなたもそれなりに剣の才能はありましたが、ソードマスターではありませんでしたよね？　ソードマスターのリュシオンにはかなわなかったでしょう」

「……そ……そうですね」

大聖女に理路整然と説明され、ルカは己の勘違いを思い知った。頬に血が上るも、これでまたわけがわからなくなったと首を傾げる。

「そもそも、リュシオンが戻したのは『あなたの』時です。だからあなただけ、前世の記憶があるのです。リュシオンが案じているのは、あなたや彼以外にも、前世の記憶を持つ者がいて、前世と同じような展開へと持っていこうとしているのではと、そういうことです。そうですね、リュシオン」

大聖女の言葉に、リュシオンが頷く。

「問うまでもなくおわかりでしょうに」

ぼそ、と恨み言のようなことを口にする彼もまた新鮮だ、とルカはつい、まじまじとリュシオンを見てしまった。リュシオンもまたルカを見返す。

彼の表情には逡巡《しゅんじゅん》が見えるような気がする。何を躊躇《ためら》っているのだろう。回帰させた理由を明かすことだろうか。

そもそも、リュシオンは自分のことを認識していたのか。前世では顔を合わせたことはなかったはずだが。

リュシオンの沈黙にルカは耐えられなくなり、彼のほうから問いを発することにした。

「前世の僕をご存じだったのですか？　団長は……」

勿論、ルカはリュシオンを知っていた。リュシオンを知らない人間は帝国内にはいないだろう。他の国の人間にも名声は轟いているに違いない。

一方、ルカはアンドレア以外の人との接触はほぼ皆無といってよかった。第五騎士団の入団試験に挑むより前のことを考えてみても、リュシオンとの接点はまるで思いつかない。

となるといつ、どこでリュシオンは自分を知ったというのだろう。それを教えてほしい、とルカはリュシオンの瞳を見つめ、答えを待った。リュシオンは考えをまとめていたのか、唇を引き結ぶようにしていたが、ようやく決心がついたらしく口を開いた。

「……まずはお前に詫びたい。ルカ」

「詫びる……？　何をですか」

罪悪感の溢れるリュシオンの表情を前にルカは動揺していた。謝罪の理由が少しも思いつかない。

前世でルカの命を奪ったのはアンドレアだった。皇帝の座を手に入れるために散々利用したあとに、いざ、その座を手にすることとなったその前日に、もう不要だと剣を突き立てられたのだ。

アンドレアからの謝罪ならわかるが——当然、アンドレアに謝罪の意志などないことはさておき——なぜ、面識もなかったリュシオンが自分に謝ろうとしているのか。

一つとして理由が思いつかないでいたルカに、リュシオンが苦しげな表情のまま、ぽつりと呟く。

「……私はお前を見捨ててしまった。気づいていたのに、守ってやれなかった」

「……あの……？」

見捨てられた記憶もない。そもそも面識がないのだから。ルカは困惑していたのだが、続くリュシオンの説明を聞き、あ、と声を漏らしてしまったのだった。

「……第五騎士団の入団試験の日、少年たちに絡まれていたお前をアンドレアが救った場面を偶然とはいえ目にしていたのに、そのまま見過ごしてしまった。アンドレアがお前の剣の才能を見込んで己の懐に取り込もうとしたことに気づかなかった。言い訳になるがお前の試合を見ていなかったからだ。もしもあのとき、アンドレアの企みに気づいていたら——親切心で人を救うことなどあるはずがない彼の本性に気づいていたら、お前は暗殺者としての人生など、歩まずにすんだのだ。だから……」

「……え……？」

リュシオンの本気の懺悔《ざんげ》に、ルカはただ戸惑っていた。彼の表情を見るに、心の底から悔いているのがわかる。

だが、それは詫びることなのだろうか。そもそもアンドレアに騙《だま》されたのは自分だ。リュシオンには少しの責任もない。

ルカの頭に第五騎士団の入団試験の日の記憶が——現世での記憶が蘇る。少年たちに絡まれそうになり、慌てて逃げ出した自分を救ってくれたのはリュシオンだった。救ってくれただけでなく、ソードマスターになる才能があるから、自分のもとで修業をするといいと勧めてくれた。おかげで自分はソードマスターになれたのだ。

感謝しこそすれ、恨む気持ちなど起こりようがない、と、ルカはその気持ちをそのままリュシオンに伝えようと口を開いた。

「団長のせいではありません。僕が愚かだったんです。アンドレアにすっかり騙され、彼の言うがままにヴィンセント殿下や他の皇族を亡き者にしたのですから。前世の自分は殺されて当然だったのです」

とはいえ、命を奪った相手がアンドレアというのはやはり悔しいし、未だに恨んでもいる。

自然と唇を噛んでいたルカの肩にリュシオンの手が乗せられる。

「お前は悪くない。悪いのはお前を殺人兵器にしたアンドレアだ。彼の邪《よこしま》な心がお前を——本来ならソードマスターになれるはずだったお前の剣を邪悪なものに貶《おとし》めた。それも私がお前を見捨てたから……」

リュシオンの声に感情がこもる。悔しげな表情も、熱い口調も、ルカにとっては初めて見るもの、聞くものだった。

リュシオンが感情を爆発させるなんて。そんな場合ではないとわかっていてもつい、珍しいがゆえに注目してしまい、思考が逸れる。

暫しぼんやりしてしまっていたルカは、続くリュシオンの言葉を聞き、更なる戸惑いを覚えることとなった。

「お前に人生をやり直させてやりたかった。本来歩むべきだった道を極めさせてやりたかった。それで大聖女様の手を借りたのだ。私の力だけでは及ばなかったがゆえに」

「…………」

なぜ。

ルカの頭に浮かんだのは疑問だった。

そこまで罪悪感を覚える必要はないのに。自分がソードマスターになろうがなるまいが、リュシオンには関係ないのではないか。それともソードマスターに覚醒するはずの人間を見逃すというのが、ソードマスターには許されざることなのか？

「違いますよ。そんな決まりはソードマスターにはありません」

大聖女が心持ち呆れたように、ルカにそう声をかけてくる。

「……す、すみません……」

当然のように頭の中を覗き、否定してきた彼女は、だが、答えは教えてくれなかった。

それならなぜ、とルカはリュシオンを見つめる。

リュシオンの高潔さを近くで過ごしてきたルカは誰よりよく知っていた。それゆえに許せないのだろうか。自分が見過ごしてしまったことが。

自分には理解できないが、『見逃した』というだけのミス――ミスでもないのではとしかルカには思えないのだが――でも、己を許せなかったと、そういうことなのだろうか。

「……もどかしいですね」

またもルカの思考を読んだらしい大聖女が、笑顔を浮かべながらもそう言い、ルカを見る。

彼女の美しい顔には、理解の遅い自分への苛立《いらだ》ちが微かに表れていた。

「……申し訳ありません」

普通に考えればわかることなのだろうか。自分だけが理解できていないと？

現世ではリュシオンに救われたその日からずっと彼の近くにいた。感情を面に表すことの少ない彼ではあるが、こうも理解できないと感じたことはなかった。

リュシオン側ではどうだったのだろう。彼は自分の考えていることも感情もなんでも見抜く。一方的な理解であることを、大聖女は『もどかしい』と感じたのだろうか。

「……斜め上をいきますね」

大聖女が溜め息交じりにそう告げたあと、改めてルカを見て話し始めた。

「時を戻すこともあなたを回帰させることも、世の理《ことわり》に反することですから、相当の対価が必要となります。リュシオンは彼の神聖力のほとんどを差し出し、あなたを回帰させました。それがどういう意味を持つのか、考えてあげてもいいのでは」

「…………え…………？」

大聖女が自分を責めているのはわかる。しかしいくら考えてもその『理由』は思いつかないのだ。困り果てていたルカの前で、リュシオンが溜め息を漏らす。

「大聖女様、それより魔獣についてです。召還したのは誰かを特定することは可能でしょうか」

「話を逸らしましたね。まあいいでしょう」

大聖女が、やれやれというような顔になりつつ、頷いてみせる。

「魔獣を召還した黒魔術師は既に死んでいるようですね。あれだけの数の魔獣、しかも一頭はキマイラですからね。相当な魔力が必要となったでしょうし」

「既に黒魔術は発動しないとなると、用済みとばかりに口封じで殺された可能性もあるかと」

リュシオンの表情が苦々しいものとなる。

「悪党が次にどう動くのか——悪の芽を摘み取るのが最善の策ではないかしら。理由もなく皇族の身柄を拘束することは……まあ、難しいんでしょうけど」

「……アンドレア第二皇子は近々動くのではないかと思います。それを待つのではなくこちらから仕掛けられたらいいのですが」

リュシオンの言葉に、ルカはまたも息を呑まずにはいられなかった。

キマイラは間違いなく、ヴィンセントの命を狙っていた。アンドレアは現世でも皇帝になる野望を抱いているのだ。

前世で自分が彼の剣となっていたときには、彼が黒魔術に頼る場面に遭遇したことはなかった。彼にとって邪魔な者はすべて自分が排除していたので、他を頼る必要がなかったのだろう。

今、彼が頼るのは黒魔術——対抗する術はあるのだろうか、とリュシオンを見る。リュシオンもまたルカを見返してきたが、無表情にも見えるその顔にルカは、言いたいことを隠しているような、そんな思いを見出さずにはいられなかった。

「ともあれ、魔獣についてはもう心配はいりません。黒魔術には今まで以上に気を配っておきます」

大聖女がそう言い、リュシオンに頷いてみせる。

「ありがとうございます」

丁重に頭を下げたリュシオンに大聖女はにっこりと微笑みかけたあと、視線をルカへと向けてきた。

「ルカ」

「は、はい」

神々しい光に包まれる彼女を直視するのは憚《はばか》られ、ルカは目を伏せ、彼女の前に跪いた。

「幸せになるのですよ」

優しい声音と共に、自身が温かな光に包まれるのを感じ、ルカははっとして顔を上げた。

「あなたに祝福を与えました。滅多なことでは死にません。思う存分、正義を貫きなさい」

「はっ」

聖女の前で再び頭を下げながら、ルカは改めて現世で自分が何をすべきかを確信した。

アンドレアの野望を打ち砕き、彼を正義の名の下に罰すること。

個人の復讐ではない。この世界の平和のために。気づけばきつく拳《こぶし》を握り締めていたルカは、リュシオンの手が肩に乗せられたことで、顔を上げ、彼を見る。

視線を受けたリュシオンもまた固い決意を感じさせる眼差しでルカを見返し、それでいいというように小さく頷いてみせたのだった。

9

ルカにはリュシオンに聞きたいことが山のようにあった。しかしすぐにも帝都に戻るという彼が馬に飛び乗ったため、ルカもまたそれに続くしかなかった。

ルカは混乱していた。なぜ、自分が回帰したのか、ここにきて理由を知ることになるとはまったく想像していなかったこともあるし、更に言えばその理由がリュシオンにあったというのは想像以前の問題だった。

前世でリュシオンは自分を見捨てたことを悔いたという。しかし彼の話を聞いた印象としては、あれを『見捨てた』とは言わないのではないかと、ルカは感じずにはいられなかった。

リュシオンにはなんの責任もない。誰がアンドレアの罠に嵌まったのを彼のせいだと思うだろう。

アンドレアの甘言に乗ったのは幼さゆえ、世間を知らないがゆえだった。確かに今世ではリュシオンによって救われた上に、騎士にもなることができたが、リュシオンにその義務はない。完全なる彼の好意だ。

どうしてそうも思いやってくれるのだろう。自分がソードマスターだからか。同じソードマスターとして、覚醒をさせる義務があると、そういうことなのか？

義務——その単語が頭に浮かんだとき、モヤ、という感情が瞬時、ルカの胸に立ち上った。

「？」

一体どうしたことかと己の心中を窺《うかが》い、更に首を傾げる。『義務』とわかったほうがすっきりするだろうに。己の心が読めないなど、ルカには初めての体験で、戸惑うばかりだったため、早くその答えを得たいこともあり、落ち着いて話ができる状況になれるよう必死で馬を走らせた。

帝都に到着するとリュシオンは即座に皇帝への謁見を申し入れ、そのまま二人は家に戻ることとなった。

「疲れただろう」

普通であれば片道だけでも二、三日かけて向かう北の地を、道中休みなく一日半で往復した。

「いえ、私は。馬が心配ではありますが……」

ルカ自身に疲れはない。ソードマスターになってからルカは、疲労を感じることがなくなった。勿論、休息がまったく必要なくなったというわけではないのだが、二、三日眠らなくても大丈夫そうな気がするのである。

人知を超えた力ということだろうと頭では納得しているが、認識は追いついていない。そんな感じだった。

「馬に関しては大丈夫だ。無理はさせていない」

リュシオンが短く答える。

「神聖力ですか？」

問うてからルカは、大聖女の言葉を思い出し、それを確認することにした。

「団長、少し話せますか？」

「……わかった」

リュシオンは一瞬、迷ったような顔となった。が、すぐに無表情に戻ると頷き、食卓でルカと向かい合わせに座った。

「何か飲むか？」

「いえ……」

ルカが遠慮をしたのがわかったのか、リュシオンは酒を用意させたあと、使用人を部屋から出し、改めてグラスを取り上げた。

「ソードマスターになるとたいして酔えもしなくなるものだが、お前はどうだ？」

「どう……でしょう？」

覚醒してから初めて飲むかもしれない。もともとルカは余り酒を飲むことがなかった。その余裕がなかったこともあるが、リュシオンとの食事のときに彼が飲まなかったというのもあった。

飲んでみろ、とリュシオンに目で促され、ルカはグラスを口に運んだ。ごくりと一口飲み、さほど美味《おい》しくは感じないかも、と首を傾げる。それを見てリュシオンがくす、と笑ったのを目の当たりにし、なぜか頬が紅潮してきたので、誤魔化そうとしてルカはあまり考えをまとめずして喋《しゃべ》り始めていた。

「あの……大聖女様が、団長の神聖力はほとんどなくなったと仰ってましたが、神聖力……ありますよね？」

「ああ……そんなことが気になるのか？」

頷いたあとにリュシオンは意外そうな顔になり、逆に問いかけてきた。

「ええ。だって馬の体力を保たせるのは神聖力ではないのですか？　それに、僕の頬に少しの痛みもなく傷をつけたのだって……」

「『ほとんど』の基準が彼女のものだからだ。今使うことに問題はない」

「大聖女様と同じくらい膨大な量だったのがそこまではなくなった……ということでしょうか」

そもそもルカには神聖力というものがよくわかっていなかった。リュシオンが不自由を感じていなければいいのだが、無理をしていないといいのだがと案じての質問ゆえ、心配無用だったかと安堵したのも束の間、リュシオンの答えを聞き、衝撃を受けることとなったのだった。

「量というより期間だ。数百年の時を生きることがなくなったというだけで、これからは皆と同じく年齢を重ねていくことになる」

「えっ？　それは……っ」

今までリュシオンは二百五十年は生きてきたと聞いた記憶がある。大聖女は夫を得て子供を産むと神聖力がなくなり、人並みに年をとっていくということだったが、リュシオンは子を産むことがないため、年をとることも死ぬこともないという話だった。

その彼が年をとる？　そんな、と絶句したあとルカは、自分を回帰させるためにそこまでしてくれたなんてと思い当たり、どうしたらいいのかわからなくなった。

「そんな……僕になど……そんな……っ」

申し訳なさすぎる。リュシオンの寿命を奪ってまで人生をやり直すなど、自分にそのような価値があるとは到底思えない。

気づけばルカは激しく首を横に振っていた。

「ルカ、落ち着け。お前が案じる必要は何一つない」

リュシオンに両肩を掴まれ、身体を揺さぶられてようやく我に返るも動揺はおさまらず、縋《すが》るような気持ちでリュシオンに訴えかける。

「僕はどうしたらいいのですか。どうしたら団長の恩に報いることができるのですか？　命を捧《ささ》げても足りない。一体僕に何ができるというのでしょう」

自然と涙が込み上げてきて、ルカの頬を濡《ぬ》らす。そんなルカをじっと見つめていたリュシオンは、無言で首を横に振ったあと、その胸に抱き寄せた。

「……っ」

抱き締められたことに衝撃を受け、ルカの涙は一瞬にして止まった。

「だ、団長……？」

何が起こっているのか、把握できない。ただ背に回ったリュシオンの手の力強い感触が、これが現実であると告げていた。

「私が、したかった。私がお前を生き返らせたかった。正しい人生を歩ませたかった。いや……お前を幸せにしたかった」

耳元でリュシオンが切々と訴えかけてくる。自分にとってこれ以上ないほどに嬉しすぎる表現の一つ一つが、ルカにはやはり夢の中の出来事としか思えなかった。

リュシオンがこうも多弁だったことがいままでなかったというのもある。会話は常に短く、ルカはリュシオンが何を考えているのかがわからなかった。

ソードマスターになる素質があるから近くに置き、世話を焼いてくれているのだとばかり思っていた。それでも充分だったというのに、今、リュシオンは自分を幸せにしたいと言ってくれた。

嬉しすぎる。ルカの胸は熱く滾り、目からは涙が零《こぼ》れ落ちた。

漏れる嗚咽《おえつ》はリュシオンの耳にも届いたらしく、背を抱く腕に更に力が込められる。

「う……」

「泣くな。泣かないでくれ」

リュシオンが困惑しているのがわかる。自分のせいでルカが泣いていると思っているらしい。違うのだ、とルカは説明したかったが、涙が止まらず言葉を発することができなかった。

「う……っ……うう……っ」

それでもリュシオンに気持ちを伝えたくて、ルカもまた彼の背を抱き締め返した。

「……ルカ……」

リュシオンの安堵した声が耳元で響く。

神聖力のある彼は、常に自分の心を読むことができると、ルカは感じていた。しかし言葉で、態度で示さなければ思いは伝わらないのかと、今更当たり前のことを認識する。

本当に彼に出会えてよかった。自分はなんて幸運なんだと思う。リュシオンにとっては失うことが多すぎる回帰であるだけに、我が身の幸運を喜ぶのは申し訳ないとは思うのだが、それでもこうして出会えたことも、そして共に長い時を過ごせたことも、本当に幸せに思う。

その実感がますますルカの胸を熱くし、涙が止まらなくなる。そんな彼の背をリュシオンはしっかりと、そして優しく抱き締めてくれながら、耳元で「ルカ」と名前を呼び続けてく

れたのだった。

翌朝、ルカはリュシオンと共に皇帝のもとへと向かったのだが、謁見の間では皇帝だけでなくヴィンセント皇太子も二人の到着を待ち受けていた。

「父上に同席させてほしいと頼んだんだ。魔獣はどう見ても僕を狙っていたようだったから」

皇帝から説明があるより前にヴィンセントはそう言ったあと、リュシオンが何か言うのを待たず問いかけてきた。

「大聖女様はなんと仰っていた？　誰が魔獣を出現させたのか、名前を告げられたのか？」

「黒魔術を使ったのであろうと仰っていました。帝国の外だけでなく内部にも強い結界を張ったので、今後、魔獣が出現することはないだろうとも」

「それはよかった……が」

皇帝が安堵した顔になったあと、ちらと息子であるヴィンセントを見やってから視線を再びリュシオンに戻す。

「……余は自分の息子を疑いたくはない。しかしヴィンセントを亡き者にしようとしているのは誰かとなったとき、その名をあげないわけにはいかない……」

苦悩している様子の皇帝が、リュシオンに改めて問いかける。

「黒魔術を使ったのは我が息子、アンドレアで間違いないか」

「……おそらく。しかし証拠はありません」

リュシオンが淡々と答える。だが彼の顔はらしくなく、やや強張《こわば》っていた。

「……やはりそうか……」

皇帝が深い溜め息を漏らす。暫しの沈黙が流れたあと、皇帝がようやく口を開いた。

「……あれは野心が強すぎる。何不自由なく育ててきたつもりだが、あれの周りの者は余がその血筋ゆえに冷遇していると思い込んでおる。彼がそう、思わせているのだ」

相変わらず皇帝は苦渋に満ちた表情を浮かべていた。声音も掠れ、口調も重い。

「なぜああも僻《ひが》みが強いのだろうと、持て余してもいた。年齢はヴィンセントが上であるし、ヴィンセントには落ち度という落ち度はない。それどころか、秀でた才もあるし人望もある。それゆえあれが皇太子になれるはずもないのに、あれは野望を抱いている。ゆくゆくはこの帝国の皇帝になろうという……」

解せぬ、と皇帝が溜め息をつき、ゆっくりと首を横に振る。

「そのように育てた覚えはないのだが」

「おそれながら陛下、本人の資質の問題ではないかと」

ここでリュシオンがまた、淡々とした口調で言葉を挟んだ。

「高い志を持つ者は市井にもいます。逆にどのように大切に育てられたとしても、邪な心根を持つ子供も多数おります」

「リュシオン卿が余を慰めてくれようとは。そなたも随分変わったな」

と、ここで皇帝が苦笑し、リュシオンに愛の籠もった眼差しを向けたものだから、ルカは戸惑ったこともあって、まじまじと皇帝を見やってしまった。が、すぐ我に返り、不敬だ、と目を伏せる。

「陛下」

「悪い。冗談だ。そんな場合ではないことはわかっておる」

批難の目を向けたリュシオンに皇帝は尚も苦笑してみせたあと、

「しかしどうするかな」

と思案の顔となった。

「アンドレアが黒魔術を使ったということを証明する手立てはあるのか?」

「本人ではなくおそらく魔術師を雇ったと思われます。証拠隠滅のためにその魔術師の命も奪っているでしょうから、立証は難しいかと……」

リュシオンの口調は相変わらず淡々としていたが、彼の眉間にはくっきりと縦皺が寄っていた。

「しかし魔術師を殺してしまったら二度と使えなくなるんじゃないか?」

横からヴィンセントが問いかける。

「彼も大聖女様の存在は知っているのですよね」

リュシオンが逆に問うのにヴィンセントは「ああ」と頷いたあと、そうか、と納得した声を上げた。

「既に魔獣は大聖女様によって封じられたとわかっているからか」

「黒魔術師を匿えば自分が犯人だと判明する危険が大きい。また別の手で殿下の命を狙おうと考えていると思われます」

リュシオンの言葉にヴィンセントが「そうだな」と頷き、父親である皇帝へと視線を向ける。

「私だけではない。父上のことも殺すつもりでしたよね、彼は」

キマイラが狙ったのはヴィンセントだったが、皇帝の頭上にはワイバーンの群れが出現していた。リュシオンがいなければ間違いなく襲われていただろう。

「……アンドレアを呼ぶか」

皇帝が溜め息交じりにそう言ったのに、ヴィンセントが首を横に振る。

「彼はまた被害者ぶり、否定するだけでしょう。同情を集めた彼を担ぎ上げる輩《やから》が出てくるやもしれません。いや……既に後ろ盾がいるのかも」

思慮深い顔になったヴィンセントをつい、ルカは見つめてしまっていたのだが、視線に気づいたのかヴィンセントがルカを見返してきた。

「……っ」

ドキ、とルカの鼓動が高鳴ったのは、ヴィンセントがルカの目を真っ直ぐに見つめてきたからだった。胸の奥底まで見通すかのような熱い眼差しにからめとられ、不敬とわかりながらも目線を外すことができず、見つめ合ってしまう。と、ヴィンセントがにっこりと微笑んだため、ようやくルカは和らいだ彼の視線から目を逸らすことができるようになり、慌てて顔を伏せた。そんな彼の耳にヴィンセントの明るい声が響く。

「決めた。私が囮《おとり》になります、父上」

「なんと？」

ヴィンセントの言葉に皇帝が戸惑いの声を上げる。戸惑っているのは皇帝だけではなくルカもまた彼の発言に驚き、再び顔を上げていた。

「なに、証拠がないのなら現場を押さえればよいのです。アンドレアが一番目の敵にしているのは私ですから」

「……しかし危険ではないのか？」

皇帝が不安げな顔になる。ルカもまた、皇帝の言葉に頷いていた。

アンドレアがどんな手を使ってくるかがわからない。黒魔術を使うことはもうできないと大聖女は言っていたが、魔王を召還すれば別だとも言っていた。万一、アンドレアにも前世の記憶があったとしたら、魔王の召還に成功し、黒魔術を手にしているかもしれない。黒魔術はルカにとって未知の世界で、召喚された魔獣を倒すことはできたが、剣術では解決し得ないものが出現したときに防ぎきる自信はなかった。

たとえば呪術を使われた場合などはどう対応すればよいのだろう。ルカの視線は自然とリュシオンへと向いていた。リュシオンがちらとルカを見たあと、ヴィンセントへと顔を向け発言する。

「殿下の仰るとおりではありますが、あまりに危険です」

「二人のソードマスターがいて危険かな？」

ヴィンセントがリュシオンとルカを順番に見つめ、問うてくる。

「殿下の身を敢《あ》えて危険に晒《さら》すことはできかねます」

淡々と答えたリュシオンをヴィンセントが挑発する。

「神聖力を持つ人間の発言とは思えないな。リュシオン卿。そなたとルカとで私を守ってくれればいいだけじゃないか」

「勿論お守りはいたします。しかし万一ということもあるでしょう。後々国を統べることになる殿下を危険な目に遭わせることはできません。他の策を講じましょう」

「しかし策といってもな……」

ヴィンセントが困った顔になる。

「あの」

ここでルカはふと思いつき、リュシオンに提案をしようと口を開いた。が、皇帝や皇太子の前での発言など許されるのかと、はっと気づき、慌てて口を閉ざす。

「なんだ？　ルカ」

反応したのはヴィンセントだった。

「大変失礼いたしました」

頭《こうべ》を垂れるルカに皇帝が、

「よい、発言せよ」

と言葉をかける。

ルカは「恐れながら」と恐縮しつつ、リュシオンへと視線を向け口を開いた。

「囮には私がなるというのはどうでしょう、団長。アンドレア殿下はかつて私に剣術の稽古をつけてほしいと頼んだことがありました。それを引き受けることで懐に飛び込むというのはどうかと思いまして……」

「いけない、それは」

リュシオンが答えるより前に、否定の反応を見せたのはヴィンセントだった。

「アンドレアはなぜか君に執着している。リュシオンから聞いていないのか？　卑怯《ひきょう》な手を使って君に第五騎士団の試験を受けさせないようにしたことを」

「え？」

ルカは驚いてついい、声を漏らしてしまった。

「殿下」

リュシオンが難しい顔をし、ヴィンセントを窘める。

「内密にと申し上げたはずです」

「わかっている。だが、今は言う必要があっただろう」

ヴィンセントは少々狼狽《ろうばい》しつつも、自分の主張は正しいというように胸を張った。

ルカが驚いたのは、その事実というより、ヴィンセントがリュシオンから聞いて知っていた、というほうだった。なぜリュシオンはヴィンセントに明かしたのか、と戸惑っていたルカを一瞥《いちべつ》したものの、皇帝らの前だからかリュシオンはルカに説明を与えなかった。ここで聞くわけにはいかないと、ルカは改めてヴィンセントへと視線を向け、心配は無用であると告げ、許可を得ようとした。

「恐れながら殿下、幼い頃とは違い、私もソードマスターに覚醒しております。アンドレア殿下に易々《やすやす》と懐柔されることはございません。何がなんでもヴィンセント殿下を、そして皇帝陛下をお守りいたします」

「僕は君を守りたいんだ」

「……っ」

突然声を荒らげたヴィンセントを前に、ルカは驚きのあまり固まってしまった。

「殿下、彼はソードマスターです」

何も言えないでいたルカの代わりに、リュシオンがいつもと同じ冷静な声を発する。

「わかっている！　僕にルカを守る能力がないことは！　でも！」

一方、ヴィンセントは逆にますます興奮した様子となり、リュシオンに食ってかかった。

「この気持ちはどうにもならない！　僕にとってルカは大切な……誰にも代え難い大切な人なんだ！」

「なんと」

ルカ以上の驚きに見舞われたらしい皇帝が目を見開き、息子を、そしてルカを見る。

「一体どのような関係なのだ、そなたたちは」

「えっ」

関係も何も、と慌てるルカの横からまたリュシオンが冷静に答える。

「剣術の指南です。それ以上でも以下でもありません」

「本当か？」

皇帝がリュシオンではなくルカに問う。

「は、はい」

事実を答えるだけなのに、ルカが口ごもってしまったのは、口を開こうとしたときにヴィンセントが切なげな眼差しを向けてきたからだった。あの目は前世で見覚えがある。アンドレアが告白してきたときの目だ。熱情を感じさせる眼差しに身を焼かれ、ルカの心は熱く滾った。その熱が偽りのものとは知らずに――。

まさかヴィンセントも自分を騙そうとしているのか。それとも、とルカは、答えを聞いて見るからに落胆した様子となった彼を見やった。

「剣術の師匠として大切という意味か？」

皇帝が今度は息子であるヴィンセントにそう問いかける。

「……ソードマスターは帝国の宝です」

ヴィンセントが俯《うつむ》き、ボソリと答えた。

「それは余も充分認識しておる」

皇帝は頷いたあと、何かを言いかけた。が、結局は何も言わず、視線をリュシオンへと向け口を開く。

「リュシオン卿、そなたはどう思う？　ルカを囮にするという作戦は」

「…………」

リュシオンは常にどのような問いにも即答するものと思っていたルカは、訪れたしばしの沈黙に驚き、リュシオンを見た。ルカは当然、リュシオンは同意すると考えていた。

今のルカは回帰前の何も知らない愚かな男ではない。自業自得としか思えない破滅を、リュシオンのおかげで人生をやり直させてもらった結果、回避することができたのだ。

その恩を返したい。そして、と、ルカはリュシオンを見た。リュシオンもルカを見返す。

「やらせてください、団長。決着をつけたいのです」

前世の自分と。

未だ、アンドレアの姿を見ると前世の記憶が蘇り、身体が竦《すく》む。そんな自分と決別したいと、ルカは強く願っていた。

前世ではアンドレアを盲目的に信じ、第一皇子らを殺害した。今の治世は帝国のためにならないというアンドレアの言葉を信じたがゆえだったが、帝国にとっての『悪』は誰でもない、アンドレア自身だった。

自分という手駒を得られなかった今世でも、帝国を手に入れたいという野望はアンドレアの中に育っていると思われる。悪の芽を摘まない限りは、帝国の平穏は望めない。

前世で自分が犯した過ちの後始末を、今世で行いたい。帝国の平和のために、とルカはリュシオンに向かい身を乗り出し、

「どうか許可を」

と懇願した。

「……わかった」

熟考していた様子のリュシオンがようやく口を開く。

「ありがとうございます」

礼を言うルカの声に被せ、リュシオンの一際厳しい声が響いた。

「これから作戦を立てる。行動に移すのはそのあとだ」

「リュシオン卿、ルカを危険に晒していいのか？」

それを聞き、ヴィンセントがリュシオンに食ってかかる。そうも心配されることに戸惑いつつもルカは彼に『大丈夫』と告げようとしたのだが、それより前にリュシオンが口を開いていた。

「私はルカを信用しています。彼ならやりとげると信じているのです」

「……団長……っ」

リュシオンの言葉がルカの胸を熱くする。なんとしてでも彼の信頼に応えてみせる。改めて決意を新たにしたルカは、思わずリュシオンに呼びかけていた。リュシオンがルカを見つめ、頷いてみせる。

「……ルカ……」

ヴィンセントが切なげに名を呼ぶ声はルカの耳に届いていない。今、ルカの胸にあるのは、リュシオンと共にアンドレアの黒い野望を打ち砕くという、固い決意のみだった。

皇帝の許《もと》を辞したあと、リュシオンとルカは自室へと戻り、そこで作戦を立てることになった。

「アンドレアのほうから接触を持たせるよう仕向けようかと考えています」

ルカから働きかけるのは、今までの避けようからして不自然すぎると考えたのだが、リュシオンも同意見だったらしく、

「そうだな」

と短く答え、頷いて寄越した。

「彼の懐に入る振りをし、黒魔術師との接触の現場を押さえようと思います」

「…………」

今度、リュシオンは即答せず、じっとルカを見返してきた。何か不満があるのかと思いながらルカは、作戦のためにはこれも必要だと、己の頬の傷を示しつつ、リュシオンに願い出た。

「そのためにこの傷を消してもらえないでしょうか。アンドレアは前世では私の顔がその

……好みだったようなので」

美しいと何度も囁《ささや》かれた。抱かれたのも容姿が好みだったからではないかと推察できる。彼の懐に飛び込むためには、彼好みの顔を利用するのがいいのではと、ルカはそう考えたのだった。

リュシオンはまだ無言でいた。じっとルカを見つめる眼差しが揺らいでいることに違和感を覚え、ルカは、

「団長?」

と問いかけ、リュシオンの目を覗き込んだ。

「……いや……」

リュシオンは口ごもったが、やがて意を決した様子となりルカに向かい頷いた。

「わかった。だが正直、私は迷っている。お前にこの役を振っていいものか」

「どうしてですか?」

ルカは正直、戸惑っていた。皇太子のヴィンセントを囮にするわけにはいかないというのは当然のことだ。だが、ソードマスターでもある自分に関して、なぜリュシオンが反対するのかがわからない。

ソードマスターとして覚醒したとはいえ、まだ信頼には値しないというのか。前世の自分を知っているだけに、再びアンドレアに取り込まれる危険があると、そう疑っているのだろ

うか。

そうだとしたら——切ない、と唇を噛みかけたルカの頬にリュシオンの手が伸びる。

「違う。お前を信頼しないわけがない」

きっぱりと言い切ったリュシオンの瞳がすぐ近くにある。どき、と鼓動が高鳴ったとほぼ同時に、ルカは頬に温かさを感じた。

リュシオンの手から白い光が放たれているのがわかる。やがてリュシオンが手をどけたため、ルカは指先で頬に触れてみた。

「傷が……ない」

すべらかな感触につい、声が漏れる。鏡を求め、部屋にある姿見の前へと駆け寄ったルカは、傷のない自分の顔をその中に見出し、違和感を持った。

傷のある顔に慣れすぎていたからだろう。鏡の中の自分の姿に前世の自分の顔が重なる。アンドレアの手足となり、罪のない人を殺め続けてきた闇騎士であった自分が、今やソードマスターとして覚醒し、皇族を守る白騎士団の一員となっている。

信じられないと思うと同時に、犯した罪を償うべきではないのかという思いがルカの胸に立ち上った。

「前世での罪を今世で償う必要などない」

と、いつの間にかルカの背後に近づいていたリュシオンが、鏡越しにルカを見つめ、静かな声音でそう告げる。

「……しかし……」

「お前は誰も殺してはいない。前世で人を殺したのもアンドレアに騙されていたからだ。だが彼の黒い野望を打ち砕くことは、お前にとっても必要なのかもしれないな」

リュシオンの言葉は淡々としていた。が、肩に置かれた手からは温かな彼の心が伝わってきた。

「私が躊躇ったのはお前を信用していないからではない」

鏡越しにルカを見つめたまま、リュシオンがそう告げたのに、ルカは驚き、彼を振り返ろうとした。が、それより前にリュシオンが話し始めたため、再び視線を鏡の中の彼へと戻した。

「ヴィンセント殿下と同じ気持ちだ。お前を危険に晒したくなかった。アンドレアがもし、魔王を召喚していたらとその可能性を考えると、どうしても躊躇ってしまっていたのだ。前世でお前がどれほどつらい目に遭っていたのか想像できるだけに、同じ目には決して遭わせたくないと……」

「団長……」

思いやりだったのだ。言葉でそれを示され、胸の中が温かな思いで満ちていく。

「大丈夫です。必ず、アンドレアの企みの証拠を摑んでみせます。この身にかえても！」

こうしてリュシオンが信じてくれているから、自分を大切に思ってくれているから、もう恐れるものは何もない。今の自分ならなんでもできそうな気がする。力が漲るのを感じるままにそう言いきったルカは、リュシオンにきつく肩を摑まれたため、驚いて振り返った。

「あ、あの？」

「まずは身の安全を一番に考えるんだ。我が身にかえても、などとは決して言わないように」

「しかし……」

それでは役に立てているとはいえないのではと言い返そうとしたルカに屈《かが》み込むようにして尚《なお》も近く顔を寄せ、リュシオンがきっぱりと言い放つ。

「いいな？　無理はするな。私のために」

「……え……？」

私のために――？

どういう意味なのか、問うべきであるし、問いたい気持ちはあったが、ルカにはそれができなかった。

「……わ……かりました」

聞いてもし、期待と違う答えが返ってきたらと思うと怖くてできない。そしてその『期待』があり得ないことだとは、自分が一番よくわかっている。それでルカはただ頷き、一歩下がってリュシオンと距離を置こうとした。リュシオンはそれに気づいたのか、ルカの両肩から手を退《ど》ける。

「作戦を考えよう。お前には毎夜、ヴィンセント殿下の宮殿の周囲を見回る役がついたことにする。お前が自ら殿下の警護を名乗り出た。ソードマスターには睡眠がほぼ必要ない。それで夜間の見回りを一人で引き受けたと。わかったか？」

「わかりました」

頷いたあとルカは、ソードマスターになってからそういえばまるで疲れを感じなくなったと、改めて実感していた。

にしても本当に睡眠も必要なくなっているとは、と自身の身体を見下ろす。

「幾晩も寝なくても大丈夫だが、まったく必要がなくなったわけではない。生きているのだから」

疲れたら寝るように、と言われたルカは再び「わかりました」と頷いたが、なんとも不思議な気持ちとなっていた。

その夜からルカは、夜間、ヴィンセントの住まう彼の宮殿の警護を始めた。アンドレアの耳に入るタイミングはいつかという話になったとき、リュシオンは数日のうちには、と告げていたが、実際アンドレアがルカの前に姿を現したのは、見回りを始めた翌々日だった。

夜中、誰もが寝静まっている中、宮殿の中庭を歩いていたルカは人の気配を感じ足を止めた。

「やあ」

暗闇の中、姿を現したのはアンドレアで、予想以上に早かった彼の登場に驚きつつルカは、リュシオンと入念に打ち合わせた『作戦』を開始した。

「アンドレア殿下。いかがされましたか」

心底驚いてみせつつ、彼の前に跪く。

「兄上の宮殿の見回りを君が一人で請け負っていると聞いてね。何か不自由があるなら力になりたいとも思って」

優しげな声音で話しかけてきたが、アンドレアはルカに立ってよいとは言わなかった。

「お気遣いに感謝致します。ですが私一人で大丈夫です」

頭を垂れたままルカはそう言い切ったのだが、言い切らねばつけ込まれてしまうという恐れを感じていることを、気づかれまいと実は必死になっていた。

隙を見せてはならない。否、『作った』隙、以外の隙を見せるわけにはいかない。なんとか主導権を握らねば、とルカは顔を上げ、アンドレアを見やった。

「……頬の傷が……消えたんだな」

月明かりに照らされたルカを見て、アンドレアがごくりと唾を飲み込む音が周囲に響いた。今まで顔を伏せていたため気づいていなかったと思われる。

「殿下ご自身の身の安全のために、どうかお戻りを。護衛はつれていらっしゃらないのですか？」

許可は得ていないがルカは立ち上がり、周囲を窺った。なんとも不穏な空気が立ちこめていたからだが、アンドレアが、

「ああ、一人で来た」

と告げた次の瞬間、不穏な空気は霧散していた。

「それでは私がお送り致します。少々お待ちください」

ルカはそう告げるとポケットから取り出した警笛を短く吹いた。

「それは？」

「私のかわりの警護を白騎士団に要請しました」

ルカは短く答えると、「参りましょう」とアンドレアを促した。

「……逆に迷惑をかけてしまったな」

しおらしくそんなことを言いながらアンドレアがルカを見つめる。

「それだけ兄上が心配だったのだ。君のことも……」

「もったいないお言葉」

あくまでもアンドレアに対しては淡々と振る舞うというのが、リュシオンと相談した結果、導き出された対応策だった。

敢えて媚《こ》びる必要はない、逆になびかない様子でいたほうが、相手は取り込もうとしてく

るだろう。リュシオンの言葉が正しいかどうか、ルカには正直、わからなかった。

前世でのアンドレアは、絶対的な服従を好んだ。身も心も捧げていると、言葉でも態度でも求めてきた。なのでルカはそうした演技をするつもりだったのだが、リュシオンからきつく止められたのだ。

アンドレアを増長させたくないと言われ、そういうものかと納得したものの、彼の興味を引けなければ作戦失敗となるため、本当に大丈夫だろうかと、ルカは不安を抱えていた。

とはいえリュシオンに背くことは考えておらず、ともかく成功を目指して頑張るのみ、と演技を続ける。

アンドレアは自分の宮殿に戻る道すがら、ルカに話しかけたそうにしていたが、ルカは警護に気を配っているふうを装い、話しかける隙を与えなかった。

やがてアンドレアの宮殿に到着する。前世ではこの地下に住んでいた。地下室はあるのだろうか。今は別の『剣』が住んでいるのか。黒魔術師が住んでいたかもしれないと思いつつルカは、

「それでは」

とアンドレアの前を辞そうとした。

「ルカ、送ってもらった礼をしたいし、少し話も聞きたい。時間をもらえないか？」

案の定、引き留めにかかったアンドレアにルカは、

「何をお聞きになりたいのでしょうか？」

と問い返した。これもまさに作戦どおりで、淡々と接すればアンドレアから仕掛けてくるだろうと見込んでのことだった。

「剣術の話とそれに……魔獣の話だ。どうして帝国内に魔獣が現れたのか、僕が調べたことを白騎士団と共有したい」

「……わかりました。是非《ぜひ》、お聞かせください」

断る理由がない。興味を惹《ひ》きそうな話題を提示してくるところはさすがだと思いつつルカは、丁重に返事をし、アンドレアと共に宮殿内に足を踏み入れたのだった。

前世と同じ建物内の様子にルカは、なんともいえない気分に陥っていた。回帰するより前に住んでいた場所に戻ってくるとは、と自然と周囲を見回してしまう。

豪華な部屋の様子に、前世の自分は目を奪われた。アンドレア曰《いわ》く、皇帝や皇太子の住む宮殿より随分とみすぼらしいということだったが、実際、皇帝の宮殿を訪れたことのあるルカの目からしても、特に差は感じられなかった。

アンドレアがルカを案内したのは、応接室ではなく彼の私室だった。あの扉の向こうには地下室があった、と視線をやりたくなるのを堪《こら》え、アンドレアと向かい合う。

「さあ、どうぞ」

給仕係がアンドレアとルカ、それぞれに酒の入ったグラスを運んできてくれた。飲むのは

危険と思ったのでルカは、

「任務中ですので」

と断り、すぐに魔獣について話を振った。

「魔獣の出現についてですが、どういう理由が考えられますでしょうか」

黒魔術について明かすだろうか。それともまるで見当外れのことを言うか。どちらだろうと待ち受けていたルカに対し、アンドレアは、

「その前に、お願いがあるんだ」

とおずおずした様子でそう、話しかけてきた。

「なんでしょう」

「剣術の稽古についてだ。君はまだ兄上の稽古をつけているのか?」

「……今は中断していますが……」

何を聞きたいのかと戸惑いつつ、ルカが返すと、アンドレアは悲しげな表情となり、溜め息を漏らした。

「剣術大会での兄上は素晴らしかった。君が指導したからだろう。でも、もともとは僕が君に指導を受けるはずだったんだ」

「えっ」

初耳過ぎる。しかもそのような事実はない。しかしそれを主張することはせずルカは、

「どういうことですか？」

とアンドレアから話を引き出そうとした。

「僕が先に父上に、君から剣術を習う許可を得ていたんだ。それを知って兄上が君とリュシオン卿に剣術の稽古を頼んだ。いつも兄上はそうなんだ。僕が手にしたいと願ったものをすべて、奪い去っていく」

切々と訴えかけてくるアンドレアは、前世の彼、そのものだった。

「君がもう兄上の剣術の稽古をしていると知って、兄上の宮殿を訪れ、僕の稽古もつけてもらえないかと兄上に頼んだことがあっただろう？　あのとき兄上は断っただけでなく、絶対にリュシオン卿が断るとわかった上で、卿を僕に勧めてきた。昔から兄上は僕を惨めな気持ちにさせようとあらゆる手を尽くしてくる。いかにも身分違いの弟を思いやっているふうを装って……」

「……それは……」

逆では、とルカは言いそうになり、堪えた。被害妄想が過ぎる。しかしそうした彼の言葉を前世の自分は信じ込んでいた。

「……君も兄上のほうを信じるんだろう？　みんなそうだ。僕の生まれが卑しいから、誰も本当のことに気づいてくれない。昔から……そう、生まれたときから僕はずっと惨めな思いをしてきた。君も……」

と、うっすらと涙を浮かべていたアンドレアの金色の瞳が、ルカの瞳をとらえる。

「君も、腹違いのきょうだいから虐げられていたと聞いた。君と初めて会ったとき、とても他人とは思えなかったんだ。魂が繋がっているというのか……そんな不思議な気持ちがした。一方的な感情だとわかっている。でも、本当にそう感じたんだ」

「…………殿下…………」

前世とまるで同じだ。場所も、そして話の内容も。違うのは自分が今、白騎士団の騎士であることと、ソードマスターとして覚醒していること。それがなければルカはアンドレアの迫力に呑まれてしまっていたところだった。

「君に僕のことをもっと知ってもらいたい。そして君のことも知りたい。ソードマスターとして覚醒した場面に居合わせることができて本当に幸運だった。オーラを身に纏《まと》った君は本当に美しかった。君が……君が僕のことを守ってくれればいいのにと、そう願わずにはいられなかった」

言いながらアンドレアが立ち上がり、ルカへと歩み寄ってくる。

「僕にも剣術を教えてほしい。そして願わくば僕の騎士になってほしい。僕の側で僕を支えてほしいんだ」

「いえ、それは……っ」

既に前世とはまるで違う道を進んできたつもりであるのに、アンドレアは強引に前世と同じ選択をさせようとしている。さすがに不自然だとルカが気づいたそのとき、アンドレアの口から思いもかけない言葉が放たれたのだった。

「これはもう、運命なんだ。君と僕は二人で一つだ。君は僕の一部だった。そうだろう？　ルカ。どうして今、我々は別の運命を生きているんだ？」

「……っ」

今の言葉は――！　まさか、とルカはアンドレアを見つめた。身体が細かく震えてくるのがわかる。

もしや――いや、確かに彼には、前世の記憶がある。だからこそ『どうして』と疑問を口にしているのだと察した瞬間、ルカの頭に前世で彼に剣を突き立てられたときの記憶がまざまざと蘇った。

「戻ってくるんだ、ルカ。君は僕のためになんでもしてくれただろう？　美しいその身体を差し出してもくれた。そう、君は美しかった。どうして頬に傷などつけたんだ。あの傷をどれだけ憂いたことか。傷のない顔こそが君の顔だ。ああ、やっと僕のルカが戻ってきた。さあ、ルカ。この手を取るんだ。また二人で帝国の平和を目指そう。暴君からこの帝国を守るんだ」

「……な……何を仰っているのか……」

なんとか言い返しはしたが、ルカは今、自力では立てないような状態となっていた。

目の前にいるのは前世のアンドレア、そのものだった。二人の関係も前世のままに戻ってしまったような錯覚に陥る。

しっかりするんだ。自分はソードマスターだ。アンドレアが言う『帝国の平和』は偽りだ。今こそが平和で、彼が皇帝になったときには帝国民には不幸が訪れるに違いないのだ。

「覚えていないのか？　ルカ。僕と過ごした愛の日々を。僕には君が必要なんだ。ソードマスターとなったのも僕のためだとわかっている。リュシオンを利用したんだろう？　君は僕のすべてで、僕は君のすべてだった。さあ、これから正しい運命を共に歩んでいこう。八年後、君が僕を皇帝にしてくれる、その日まで――」

「……っ」

やはり彼には前世の記憶がある。そして前世と同じ道へと強引に運命をねじ曲げようとしている。

しかしそうはさせない。身体の震えを抑え込み、ルカはアンドレアに向かい叫んだ。

「今のお言葉、八年後に皇帝陛下と、それに皇太子殿下を亡き者にするという宣言ととってよろしいでしょうか」

「なに？」

アンドレアはルカが反論するとは思っていなかったらしい。彼の動きがぴたりと止まり、呆然とした顔になる。

「ルカ、お前は僕のものだろう？」

それが当然と言わんばかりに問うてくる彼の目はギラギラと輝き、ルカの目の奥までその光で侵そうとしているかのように感じられた。呪術なのか。それとも魔術なのか。今世でも、そして前世でも体験したことのない状況に、ルカの戸惑いが増す。しかし戸惑ってはいられない、とルカは気力を振り絞り、アンドレアに再度問いかけた。

「私は白騎士団の騎士。皇帝陛下をはじめ皇后陛下や皇太子殿下をお守りするのが任務です。当然、その中にはアンドレア殿下も含まれております。しかし殿下が陛下に危害を加えることを考えておいでだとしたら、それを阻止するのが私の役目となります」

ここまではっきり言えばアンドレアは退くと、ルカは考えていた。『冗談だ』といった誤魔化しをするか、逆に、そんなつもりはなかったのに、生まれが卑しいからそんな誤解を受けるのだと被害者ぶるかのどちらかだと予想していたが、アンドレアの反応は違った。

「どうしてそんな悲しいことを言う？　前世では僕の言うことはなんでも聞いてくれただろう？」

「前世とは？」

はっきりとその言葉を口にされ、ルカは思わずそれを問うた。

「本来あるべき運命のことだよ。ルカ、君は覚えていないのか？」

アンドレアが悲しげな顔になり、ルカに訴えかけてくる。

「皇帝になれたのも君のおかげだった。戴冠式の前日、僕たちは共に祝杯を挙げたじゃないか。これから始まる新しい世界を共に作っていこうと誓い合った。寝台の上でしっかりと抱き合ったことをなぜ、忘れてしまったんだ？」

「嘘だ‼」

何を言われても耳を貸すつもりはなかったルカだが、さすがにそこまでの『嘘』は聞き捨てならない、と堪《たま》らず叫んでしまっていた。

「嘘ではないよ。僕たちは前世で愛し合っていた」

アンドレアが微笑み、ルカに手を差し伸べる。

「僕には君しかいなかったし、君にも僕しかいなかった。覚えているだろう？　まさか本当に忘れてしまったのか？　覚えているのは僕だけなのか？」

金色の瞳には今、涙が浮かんでいた。嘘に決まっているのに、前世では少しも気づくことがなかった。本気で愛されていると思い込んでいた。しかし、とルカは思わず胸の内を口にする。

「嘘です。あなたは私を殺した！　目的を果たしたあと、お前など愛したことはないと言いながら胸に剣を突き立てたじゃないか……っ」

「そんなはずはない」

ルカの言葉を聞き、アンドレアが信じがたい顔となる。

「僕たちは愛し合っていた。共にこの国を正しい姿にしていこうと誓い合ったんだ。君の記憶は歪《ゆが》められている。リュシオン卿の仕業だ。彼は僕が皇帝になったことを許せず、それで君を回帰させたんだ。僕から君を引き剝がすために。君の記憶を改竄《かいざん》したんだ！」

「嘘だ！」

「嘘じゃない……っ」

アンドレアは絶望した表情となっていた。

「君は騙されているんだ。どうか真実を思い出してほしい。君を僕のもとから奪ったのはリュシオンだった。君は彼に洗脳されているんだよ。皇帝陛下も皇太子も善人で、帝国は平和だというように。実際、民の声を聞いたことがあるか？　重税に苦しみ、満足に食べるものもない人間がどれだけいるか。君自身、そうだっただろう？　食べるものも与えられず、いつも飢えていた。さあ、思い出すんだ！」

アンドレアは切々と訴えかけてくる。

「騙されているんだ、ルカ。リュシオンの神聖力を使えば君に目くらましをすることなど容易《たやす》い。君は騙されている。君を想っているのは僕だけだ」

「……違う……」

それだけは違う。ルカはきっぱりとそう告げ、アンドレアを見返した。

「ルカ……」

アンドレアがますます悲しげな顔になる。そんな彼の顔は前世ではいくらでも見てきた。しかしそこに心がこもっていなかったことはよくわかっている。

それもまた、リュシオンの目くらましと言われるかもしれない。だが、リュシオンと共に過ごした時間には少しの『嘘』もなかった。

前世でアンドレアが示したような『わかりやすい』好意はなかったが、彼の行動の一つ一つに、『想い』は込められていた。騙されていたとわかったあと、耳に優しい言葉には少しの真実も込められていなかったと実感したことを忘れるわけがない、とルカはアンドレアを真っ直ぐに見据え、首を横に振った。

「騙されてなどいません。この目で、この耳で、真実を見てきました。皇帝陛下は名君であり、皇太子殿下は人格者であることは間違いありません。帝国の平和は守られています。それに……っ」

自分を想っているのはアンドレアだけではない。否、アンドレアが自分を想ったことなど一度もないはずだ、とルカは再びぎらつく目で己を睨んでいるアンドレアに向かい言い放った。

「私を想ってくれている人は他にいます！」

リュシオンが、そして白騎士団の面々が、人の温《ぬく》もりを教えてくれた。前世では結局死ぬそのときまで真の意味での人との交流を知ることはなかったが、今世では違う。

「……馬鹿な……」

ルカの目の前でアンドレアの、被害者ぶっていた仮面が外れる。今、目の前にいるのは前世で自分を殺したときの彼、そのものだった。

「どうしてうまくいかない……リュシオンか。リュシオンが邪魔をしてるのか……っ」

憎々しげにアンドレアがリュシオンの名を口にする。

「あいつのせいで……畜生、あいつさえいなければ……っ」

アンドレアの身体から黒い靄《もや》のようなものが立ち上り始めたことにルカは気づいた。彼の瞳がつり上がり、表情がより凶悪になっていく。

「……っ」

禍々しい気が満ちてくるのがわかる。ルカは迷わず剣を抜き、今や異質の存在となりつつあるアンドレアに切っ先を向けた。

「……皇族に剣を向けるなど、許されると思うのか」

アンドレアがルカを一喝する。彼の声は今までのものではなく、闇の底から響いてくるような不気味な空気を湛えていた。

やはり黒魔術だろうか。ルカの剣から青白い光が放たれ、全身がオーラに包まれる。

「こざかしい」

アンドレア――だった者がせせら笑ったと同時に、黒い靄は闇となりルカに覆い被さってきた。飲み込まれる、とルカが闇を切り裂こうとしたそのとき、勢いよく扉が開いた音がしたと同時に、ルカの目に頼もしい姿が――固い信頼の絆《きずな》で結ばれていると迷うことなく断言できる男の姿が飛び込んできた。

「団長！」

「ルカ、油断するな」

呼びかけたルカを一瞥し、短く言い捨てたリュシオンはアンドレアに向かい右手をかざした。

その手から目映《まばゆ》い光が放たれ、アンドレアを射貫く。

断末魔の声を上げながらも、アンドレアはリュシオンへと向かってきた。

「危ない！」

庇おうとしたルカにリュシオンは、

「援護を頼む！　但し、殺してはならない」

と冷静な声で告げながら、尚もアンドレアに右手をかざす。

「はいっ」

アンドレアは神聖力により、確実に弱っていた。それでも攻撃をやめようとしない彼の身体から立ち上る闇がリュシオンに覆い被さろうとするのを、ルカは剣を振るって退け続けた。

やがて闇はリュシオンの創り出す光に飲み込まれ、アンドレアが床に倒れ込む。その顔はルカが見知ったものではなく、精も根も尽き果てたかのような老人そのものとなっていた。

「よくやった」

そんなアンドレアを白く発光する手枷《てかせ》で拘束したあと、リュシオンがルカに微笑んでくる。

「お前と彼とのやり取りは私がしかと聞いた。二人のソードマスターの証言を疑う者は誰もいないだろう」

「……私はともかく、団長を信じない人がいようはずがありません」

ルカの言葉は本心からだったが、リュシオンは少し呆れた表情となり溜め息を漏らした。

「世辞ではないのです」

そう思われたのだろうと、ルカは慌てて説明しようとした。

「『私はともかく』に呆れたんだ。お前はソードマスターなんだぞ」

「……はい……」

確かにそのとおりなのだが、出自を考えると人に信用されるとは思えない。それで俯いたルカは、いつの間にかすぐ前まで歩み寄ってきていたリュシオンの手が己の肩に乗せられたことではっとし、顔を上げた。

「言ったはずだ。ソードマスターになれば人生が変わると。それにお前自身が言っていたじゃないか。自分を想ってくれる人間は他にいると」

「……団長……」

確かにそう言った。そのとき真っ先に頭に浮かんだのはリュシオンの顔だった。

自分を信じ、想ってくれる相手——リュシオンがいてくれたからこそ、アンドレアに立ち向かうことができた。前世と決別することができたのだと心の底から感じていたルカの瞳には涙が込み上げてきてしまっていた。

「……ありがとうございます。本当に」

「礼には及ばない。それどころか、礼を言うのは私のほうだ」

リュシオンはそう告げたかと思うと、何に対する礼なのかと戸惑ったルカの肩を掴む手に力を込め、彼の瞳を見つめながら口を開く。

「私を信じてくれてありがとう。新たな人生を共に歩んでくれてありがとう」

「……団長……っ」

そんな言葉を聞いてしまったらもう、泣くしかない。堪えていた涙がルカの頬を伝う。

「泣く奴《やつ》があるか」

苦笑し、頬を包むようにして涙を拭ってくれたリュシオンの温かな指先の感触にルカの涙腺は崩壊し、その後暫くの間ルカは止まらぬ涙を持て余すこととなったのだった。

アンドレアの反逆は、世に広く知れ渡ることはなく、公には病死とされた。今世ではルカという『剣』を手にすることができなかった彼は、己の野望を果たすために黒魔術を用いていたのだが、もともと前世の記憶を持っていたのか、はたまた黒魔術を使ううちに取り戻すことになったのかは不明ということで、今は大聖女のいる神殿近くの高い塔の中に幽閉されている。

ルカは白騎士団の副団長となった。ゆくゆくはリュシオンのあとを継ぐであろうことは皇帝をはじめ皇族皆が認めるところではあるのだが、ソードマスターになった今でも日々の鍛錬を怠ることがない。

リュシオンとルカ、二人が並ぶと神々しいほどの美しさだと、白騎士団への人気も憧れも増しており、特に年頃のルカに憧れる令嬢は多いのだが、彼の目がそうした令嬢たちに向くことはなかった。

相変わらずリュシオンとルカは住居を同じくし、会話らしい会話のない日々を送っている。会話などなくとも、気持ちが通じていることがひしひしと伝わってくるそんな日々にルカはこの上ない幸福を感じており、自分のために限りのある命を生きることとなったリュシオンもまた同じく幸福であってほしいと祈るのだった。

「ルカ、君が好きだ」

剣術の稽古を終え、いつものように二人して朝食をとったあと、護衛を下げ、中庭の散歩中に唐突にヴィンセントが告白してきたとき、ルカはどう対応したらいいかわからず、暫しその場で固まっていた。

告白してきた場所は池の畔《ほとり》で、水面にキラキラと太陽光が反射している美しい風景の中での出来事だった。

「……困っているね」

ヴィンセントが苦笑し、ルカの目を覗き込む。

「……はい」

ヴィンセントの『好き』がどういう種類のものか、ルカにも当然伝わっていた。

愛情なのだ。前世でアンドレアが装っていたものとは違う、心から自分を想っているのがわかる感情で、それゆえルカはどう対処していいのか迷っていたのだった。

ルカはヴィンセントに対し、前世で命を奪った負い目がある。それを別にしても邪険にできる相手ではない、と俯いていたルカの耳に、ヴィンセントの切なげな溜め息が響いた。

「ごめん。言いたかっただけだ。君の気持ちが僕にはないことはわかっていた。告白すれば君を困らせるだけだともわかっていたけど……言わずにはいられなかった」

ごめん、ともう一度謝るとヴィンセントは俯いていたルカの顔を覗き込み、微笑んだ。

「もう二度と言わない。だから剣術の稽古は続けてほしい。お願いだ」

「……はい……」

皇太子の『お願い』を断ることなど、白騎士団のルカにできるわけもない。それがわかっているからか、ヴィンセントはますます切なそうな顔になりつつ、

「それじゃあ、また明日」

と告げ、その場を離れていった。

「………」

ルカは暫く、光る水面を見つめていた。ヴィンセントは告白しただけで何も求めてこなかった。気持ちを伝えたいだけだという彼の言葉に嘘はなかったと思う。

しかしなぜ、という気持ちにはなった。ヴィンセントは皇帝になることが約束されている。自分の剣の実力を見込んで取り込みたいというわけではない。皇室に忠誠を誓っている白騎士団であるので、甘い言葉で誘わなくとも、命令に背くことなどあり得ないのに。

ヴィンセントの目的はなんだったのだろう。目的などないのだろうか。

わからない、と暫く立ち尽くしていたルカだが、白騎士団の訓練の時間が迫ってきたため、皆の待つ練習場へと向かったのだった。

ルカは何も言わなかったが、リュシオンには気づかれており、その日の夕食の席の話題となった。いつもは会話らしい会話が交わされることがない食卓で、珍しくリュシオンが問いかけてきたのである。

「ヴィンセント殿下と何かあったのか？」

「あ……はい」

ルカはリュシオンに隠すつもりはなかった。が、面と向かって問われるとなんだか言いづらい、と改めて思い、返事が遅れた。

「殿下に元気がなかったからだ」

更に珍しいことにリュシオンが言い訳のような言葉を告げ、ルカから目を逸らす。

「……その……告白をされました。好きだと」

言いにくくはあったが秘密を持ちたくなかったのでルカは正直に明かしたあと、自分の抱いた疑問をも伝えた。

「なぜかはわかりませんでした」

「なぜというのは？」

リュシオンは常にルカの気持ちを正確に読む。だがその疑問にはそれこそ疑問を覚えたらしく、そう、問いかけてきた。

「白騎士団の一員ですから、何も言われずとも忠誠を誓っているのに、と……」

「……殿下が気の毒だな」

ぼそ、とリュシオンが言葉を漏らす。

「え？」

意味がわからないと戸惑ったルカはつい声を漏らしたのだが、それで我に返ったらしいリュシオンに「いや」と言葉を濁され、気になった。

「なぜ気の毒なのですか」

「ルカ、人を好きになったことはあるか？」

真面目な顔でリュシオンに問われ、ルカはますます戸惑いを覚えたが、すぐに答えを告げることはできた。

「あります。団長です」

「…………」

それに対し、リュシオンは一瞬驚いたように目を見開いたあとに、やれやれと溜め息を漏らす。

「私以外には？」

「いません」

またも即答したルカにリュシオンはまた、一瞬絶句した。が、再度溜め息を漏らすと、少し考えてから、ルカにこう問いかけてきた。

「くちづけをしたい、触れ合いたい――そう願うような相手はいるかと聞いているんだ」

「くちづけ……ですか」

白騎士団は品格を重んじるが、それでも恋愛について、そして家族とのかかわりについての話題が出ることはよくあった。

騎士たちの話にルカは耳を傾けるばかりで自ら提供できる話題はなかったのだが、彼らが妻や恋人を愛《いと》しいと思う気持ちと自分の感情とを重ねることはあまりなかった。

可愛らしい女性、美しい女性、どちらが好みかと聞かれたときにも、どちらでもないと答えていたルカだったが、もしや自分は女性に興味がないのかもしれないと薄々気づいてはいたのだった。

なのでくちづけを交わしたい相手となると、とルカは『いない』と答えかけたのだが、ふと、目の前にいるリュシオンとなら、という思いを抱いた。

「……団長……ですかね」

そのまま言葉に出してしまったあと、我に返る。

「いえ、その……」

言葉として発してようやく、ルカは自分の本心に気づいたのだった。

リュシオンとなら唇を重ねたい。彼に触れたいし触れられたい。そんな感情を自分が抱いていたなんて、と気づくと同時にルカの頬に血が上る。

「申し訳ありません……」

消え入りそうな声で詫びたあとに、いたたまれなくなって席を立つ。と、いつの間に立ち上がっていたのか、リュシオンはそんなルカの腕を摑んで退席を阻《はば》むと、顔を覗き込んできた。

「……謝る必要はない」

そう告げたリュシオンの唇がゆっくりと己の唇に近づいてくるのを、ルカは夢でも見ているような気持ちで見つめていた。

しっとりとした唇の感触を得て初めて、夢ではなく現実と気づき、愕然となる。

くちづけは一瞬で、すぐにリュシオンは離れた。彼の形のいい唇が輝いて見えるのは自分の唾液で濡れているからか、とわかった途端、見つめていることができなくなり、ルカは顔を伏せた。

「いやだったか?」

リュシオンのいつにない遠慮がちな声がルカの耳に届く。

「いえ……っ」

慌てて否定をし、顔を上げたと同時にルカはリュシオンの銀色の瞳があまりに近いところにあることに気づき、息を呑んだ。

「もう一度、くちづけをしても？」

彼の吐息が唇にかかる。堪らずぎゅっと目を閉じたルカの唇は再びリュシオンの唇に覆われていた。

くちづけを交わしているのだと思うと、嬉しさのあまり夢見心地となった。リュシオンもくちづけをしたいと考えていてくれたのだろうか。それともこれはやはり夢か。夢であるのなら醒《さ》めないでほしい。

切望していたルカの唇が解放され、外気の冷たさを感じた彼は、寂しさを覚え目を開いた。

「夢では困る」

途端に目が合ったリュシオンに苦笑されたことで、一気に幸せな気持ちが押し寄せてくる。

「……好きです。団長」

人を好きになったことがあるのかと先程問われ、リュシオンだと即答したが、そのときには自分の本当の気持ちがわかっていなかった。それゆえ改めて気持ちを伝えたルカにリュシオンはまたも苦笑したあと、

「こういうときは名を呼ぶものだ」

と甘やかな声で囁き、そうなのかと納得するルカの唇を三度《みたび》塞いできたのだった。

蜜月

月を見上げていたルカはふと、明日、自分が回帰前と同じ二十四歳を迎えることに気づいた。

前世とはまるで違う運命となったと、改めて十年前を――今世での十年前を思い起こす。アンドレアの罠《わな》に嵌《は》まりそうになっていたところをリュシオンに救われ、共に暮らすようになってから、彼はルカにあらゆるものを与えてくれた。

ソードマスターに覚醒できたのは彼のおかげである。それだけでなくリュシオンはルカに人の世の温かさを教えてくれた。

前世でルカに愛情を与えてくれたのは亡くなった母親くらいだった。アンドレアの愛情が偽りであることに気づかなかったのは、父親や義家族を始め、母以外の誰からも愛を注がれたことがなかったからだったが、今世ではルカは白騎士団という仲間を得、『友情』という情を知った。

知ったのは『友情』だけではない。真実の『愛情』も今世で初めて知ったのだった、とルカが月に向かい微笑《ほほえ》んだそのとき、背後から声をかけられ、はっと我に返った。

「今日は満月なのか」

「はい、団長」

美しい月です、と振り返った先にはルカに『真実の愛』を教えて——そして与えてくれたその人がルカに向かい微笑んでいた。

「明日のお前の誕生日を祝っているかのようだな」

ルカはリュシオンに誕生日を告げたことはなかった。が、彼がルカの誕生日を忘れたことはなかった。会話はほとんどなかったが、誕生日には食卓が豪華になり、何かしら——主に剣術に必要なものだったが——の贈り物を渡された。

ルカも勿論《もちろん》、リュシオンの誕生日を祝いたかったのだが本人からは「覚えていない」と言われ、白騎士団の面々に聞いてもわからなかったことから、当日に祝うことを諦め、自分が祝われたときに祝い返そうと決めたのだった。

「二十四歳か」

感慨深そうに告げながら、リュシオンがルカに近づき、肩を抱く。

「団長と出会って十年ですね」

ルカの言葉にリュシオンはますます感慨深そうな表情を浮かべ「そうだな」と頷いた。

「さすがに大人になったでしょう？」

リュシオンにもたれかかり、顔を見上げる。

「あざとくはなった」

苦笑めいた笑みを浮かべ、リュシオンがルカに唇を寄せてくる。

「酷《ひど》いな」

「酷いのはいつまでも呼び方を変えようとしないお前だろう」

リュシオンとルカの間には、既に、遠慮はなくなっていた。公の場では当然ながら敬語で話すルカだが、二人きりのときには——特にいわゆる『愛の語らい』の場では、互いに気を許し合った言葉で会話を交わす。

「仕事中に間違って名前を呼んでしまったら問題だから」

「皆、我々の関係は知っているのに何が問題なんだ？」

リュシオンの言うとおり、白騎士団の騎士たちも、そして皇帝や皇后、それに皇太子も、リュシオンとルカが恋仲であることを確かに知っていた。ルカはてっきり、リュシオンは二人の関係を秘匿するものだとばかり考えていたのだが、彼は隠すどころか自らの口で皆に公表したのである。

ルカはリュシオンとの関係を恥じてはいなかったが、リュシオンにとっては恥ずべきことなのではないかと、それを案じたのだった。ソードマスターとして覚醒したものの自分は男爵がメイドに手をつけて生まれた子供だという出自をルカは気にしていた。前世でアンドレアがルカの存在自体を隠していたことで、自分を恥ずべき存在だと刷込まれていたのだが、リュシオンはそれがわかっているからか、誰からも何も言わせないとルカに向かってきっぱりとそう言い切ってくれ、実際、ルカの耳には誰からの批難も中傷も届かなかった。

「それに今更だろう？」

リュシオンが苦笑しつつ、ルカに覆い被さってくる。

「……まあ、そう……かも」

頷《うなず》いたルカの唇をリュシオンの唇が塞《ふさ》ぐ。

想いが通じ合ったあと、身体《からだ》を重ねるまでには少し時間がかかった。ルカがリュシオンは肉欲とは無縁なのではないかと思い込んでいたのと、リュシオンはリュシオンで、前世でルカがアンドレアに肉体的にも酷い目に遭っていたのを、寝ているときのうなされぶりから察し、つらい思いはさせたくないと、ルカのほうから働きかけてくるのを待っていたためだった。

二人が結ばれたのは初めて唇を重ねたときから実に二年もの歳月が流れたあとだったのだが、きっかけはやはり自分の誕生日だったたと、ルカはその日のことを懐かしく思い出し、つい、くす、と笑ってしまった。

「どうした？」

口づけを中断し、リュシオンが問いかけてくる。

「……あの日、酔っ払ってよかったなと思って」

誕生祝いの席で大量にワインを飲み、酔った勢いでルカはリュシオンに、どうして抱いてくれないのかと訴えた。

その言葉を待っていたとリュシオンに言われ、酔っていたために感情のコントロールがきかなくなっていたこともあって、待つ必要などなかったのにと号泣したのだった、と自分の泣きっぷりを思い出し、照れくささからまたつい笑ってしまったルカに、リュシオンが微笑みかけてくる。

「もっと早くに飲ませればよかったと後悔したものだ」

「……もう……」

もっと早く抱きたかった——リュシオンがそんな軽口を言うような人だとは、ルカはまったく想像していなかった。失望したということではなく、意外だというだけで、更に言えばそんな面も好ましいと感じている。その思いがルカの身体にも表れ、彼の腕は今やしっかりとリュシオンの背に回っていた。

「ん……っ」

次第に深くなっていく口づけに、頭の芯がぼうっとなる。何事も巧みにこなすリュシオンは口づけすら巧みで、早くもルカの身体には欲情の焔《ほむら》が立ち上っていた。口づけの合間に漏れる吐息の熱さからそれを察してくれたらしいリュシオンが、唇を重ねたまま微笑んだかと思うと、ルカを抱き上げ、ベッドへと向かう。

互いに服を脱ぎ合い、裸になって身体を重ねる。神々しいほどに美しい裸体は既に見慣れているはずであるのに、毎度ルカは、ほう、と見入ってしまうのだった。

「美しい」

リュシオンもまた、ルカを見下ろし、うっとりした声で囁《ささや》いてくる。

「美しいのは……」

あなただ、と告げようとしたルカの唇がくちづけで塞がれる。同時にリュシオンの指先がルカの首筋から胸へと向かい、既に勃《た》ちつつあった胸の突起を摘《つ》まみ上げた。

「……ぁ……っ」

びく、と身体が震え、合わせた唇から声が漏れる。前世では閨《ねや》での行為に快感など覚えたことがなかったため、ルカは自分は不感症だと思っていたのだが、それがまったくの勘違いであったとリュシオンと身体を重ねて初めて気づいたのだった。

すべては己の欲望を追及することにしか興味がなかったアンドレアのせいであり、リュシオンの愛情溢《あふ》れる愛撫《あいぶ》を受けたルカの身体にはすぐに火がつき、不感症どころか感じやすい体質であることがわかった。

「ん……っ……んん……っ……あ……っ」

羞恥《しゅうち》の心が強いため、できるだけ声を漏らさないよう堪《こら》えようとするも、享受する快感の大きさにすぐ、堪えきれなくなる。

リュシオンの指はルカの感じるところを容易に探り当てると、執拗《しつよう》なほど丹念にそこを責め続ける。あっという間にルカは快楽の波に攫《さら》われ、息も絶え絶えに喘《あえ》ぐことになるのだが、今宵《こよい》もまたいつものように彼は、リュシオンの身体の下で、喘ぎ、身悶《みもだ》えていた。

「あ……っ……あぁ……っ……あっ……あっ……あ……っ」

白皙《はくせき》の頬《ほお》を紅《あか》く染め、いやいやをするように激しく首を横に振り、高く喘ぐその顔をリュシオンは実に優しく、そして満足げに微笑みながら見下ろし、より快感を与えるには、と更に愛撫を続ける。美しい銀色の瞳は一層輝きを増し、うっとりと見下ろすその顔はこの世のものとは思えぬほど美しいのだが、ルカにそれを鑑賞する余裕があるはずもなかった。

胸を弄《いじ》っていたリュシオンの手が下肢《かし》へと滑り、既に勃ちきっていた雄を摑《つか》むと、ルカは、我に返った様子となり、リュシオンの手を摑んだ。

「どうした」

リュシオンの問いにふるふると首を横に振り、己の望みを口にする。

「触れられるといってしまうから……いくなら一緒がいい……」

快感が彼の意識を朦朧《もうろう》とさせていたからこそ、口にできた言葉だった。理性が少しでも残っていたなら、羞恥からそんな望みを口にすることはできなかった。

そんな彼を愛《いと》しくてたまらないというように見下ろすとリュシオンは、

「わかった」

と言葉でも伝え、ルカの両脚を抱え上げた。

「……あ……」

室内の明かりは灯《とも》ったままだったことに、今更ルカが羞恥を覚えたのは、煌々《こうこう》と照らされたその場で、己の恥部が欲情のあまりひくついているところを露《あら》わにされたからだった。

恥ずかしい、と敷布に顔を伏せようとする彼を見下ろし、リュシオンが、くす、と笑う。

「可愛《かわい》いぞ」

「……もう……」

ふざけないでください、と恨みがましい目を向けかけたルカだったが、それより前にリュシオンが猛る雄をそこへとねじ込んできたため、苦情ではなく快感を物語る声が唇から高く放たれることとなった。

「あぁっ」

一気に奥まで貫かれ、ルカの背が大きく仰《の》け反《ぞ》る。直後に始まった激しい突き上げが、ルカをあっという間に快楽の絶頂へと導いていった。

「あ……っ……あぁ……っ……あっあっあっ」

リュシオンの逞《たくま》しい雄がルカの中を突いてくる。内臓がせり上がるような勢いと激しさが生み出すのは苦痛ではなく、快感だった。

摩擦熱で焼かれるそこは火傷《やけど》しそうに熱く、その熱はあっという間に全身へと巡り、汗が吹き出す。鼓動は跳ね上がり、息苦しさを覚えるほど息も上がってきて、ルカの意識はますます朦朧となっていった。

「はぁ……っ……もう……っ……もう……っ……あぁ……っ」

高く喘ぐ声が室内に響き渡っていたが、それが自分の発しているものだという自覚は最早失われていた。全身熱に焼かれ、脳が蕩《とろ》けそうで何も考えることができない。

「もう……っ……あぁ……っ……もう……っ」

譫言《うわごと》のように限界が近い『もう』という言葉を繰り返していたルカは、リュシオンの、

「すまない」

という呟《つぶや》きを聞きとることはできなかった。

「愛しすぎていつも制御がきかなくなる」

そんな反省の言葉も当然、ルカの耳には届かない。

己を戒めるような表情を浮かべたリュシオンが、はあ、と息を吐き出したあと、ルカの片脚を離し、二人の腹の間で張り詰めていた雄を握って扱《しご》き上げる。

「あぁっ」

直接的な刺激を堪えることなどできようはずもなく、すぐさまルカは達し、白濁した液をリュシオンの手の中に放っていた。

射精を受け収縮する後ろに刺激されたのか、リュシオンもまた達し、ルカの上で少し伸び上がるような姿勢となる。

「……ああ……」

互いに達することができたことで、満ち足りた思いが胸に溢れ、ルカはリュシオンを見上げ、微笑んだ。

「大丈夫か？」

心配そうに問いかけてくるリュシオンに、大丈夫、と頷《うなず》き、両手両脚で彼の背を抱き締める。

互いを思う気持ちが、激しい行為から伝わってくる。そして行為のあとの優しい眼差《まなざ》しや己を案じてくれる言葉からも、とルカは、自分の想いも伝えたくて、リュシオンを愛しさを込めて見上げ、口を開いた。

「……愛してます」

「私もだ」

リュシオンが嬉しそうに微笑み、彼もまた己の思いを口にする。

「愛している、ルカ」

「……リュシオン……」

この上ない幸福に包まれながら、ルカは再び愛を確かめ合う行為に彼を誘うべく、リュシオンの背を抱く手脚に力を込める。

窓の外では白い月がそんな二人の愛の夜を見守るかのごとく輝いていた。

あとがき

はじめまして&こんにちは。愁堂れなです。この度は一〇一冊目のルチル文庫『復讐の闇騎士』をお手に取ってくださり、誠にありがとうございました。

最近流行りの（最近でもないですね。もうずっと流行っているような）異世界転生もの、回帰もの、悪役令嬢もの等は私も大好きで、タテスク漫画のブクマ数がすごいことになっているのですが（課金額も・笑）、是非自分でも書いてみたいと思い、今回は回帰ものに挑戦させていただきました。美貌の闇騎士が、主である第二皇子に騙されていたと死の直前に知らされ、恨みながら死んでいった――はずが、十年前の少年時代に回帰していて――？　というファンタジックなお話です。

大好きなだけにとても楽しみながら書かせていただいた本作が、皆様にも少しでも気に入っていただけましたら、これほど嬉しいことはありません。

イラストの蓮川愛先生、今回も本当に本当に、本当に‼　素晴らしいイラストをありがとうございました‼　蓮川先生の絵で色々なタイプの美形を拝見したい……と、今回もまた美形祭りとさせていただきました。本当に毎回申し訳ないです（汗）。でもでも！　今回も本当に眼福で‼　リュシオンやルカは勿論のこと、個人的イチオシ（金髪好きなので・笑）のヴィンセントやアンドレアの麗しいビジュアルを拝見でき、そして皆様にもご覧いただくことができ、本当に幸せに思っています！　お忙しい中、至福のときを本当にありがとうございました‼

また本作でも大変お世話になりました担当様をはじめ、本書発行に携わってくださいましたすべての皆様に、この場をお借りいたしまして心より御礼申し上げます。

最後に何より本作をお読みくださいました皆様に御礼申し上げます。ご感想をお聞かせいただけると嬉しいです。とても励みになります！　どうぞよろしくお願い申し上げます。

次にルチル様から発行いただく文庫も書き下ろしの新作、そしてちょっとイレギュラーな異世界転生？　回帰？　ものとなっています。こちらもめちゃめちゃ楽しみながら書かせていただきましたので、よかったら是非、お手にとってみてくださいね。

また皆様にお目にかかれますことを切にお祈りしています。

令和五年八月吉日

愁堂れな

（公式サイト「シャインズ」http://www.r-shuhdoh.com/）

✦初出　復讐の闇騎士……………書き下ろし
蜜月…………………………書き下ろし

愁堂れな先生、蓮川愛先生へのお便り、本作品に関するご意見、ご感想などは
〒151-0051 東京都渋谷区千駄ヶ谷 4-9-7
幻冬舎コミックス　ルチル文庫「復讐の闇騎士」係まで。

幻冬舎ルチル文庫
復讐の闇騎士

2023年9月20日　第1刷発行

✦著者　愁堂れな　しゅうどう れな

✦発行人　石原正康

✦発行元　株式会社 幻冬舎コミックス
〒151-0051 東京都渋谷区千駄ヶ谷 4-9-7
電話 03(5411)6431［編集］

✦発売元　株式会社 幻冬舎
〒151-0051 東京都渋谷区千駄ヶ谷 4-9-7
電話 03(5411)6222［営業］
振替 00120-8-767643

✦印刷・製本所　中央精版印刷株式会社

✦検印廃止

ISBN978-4-344-85287-7　C0193　Printed in Japan

幻冬舎ルチル文庫
大好評発売中
「アンドロイドは愛されない」
愁堂れな
イラスト 蓮川愛
人気小説家蓮見奏は、執筆に集中すると生活面が疎かになりがち。そんな奏を誰よりも支えているのは、高校時代から奏の熱烈なファンで、念願叶い今は担当編集となった橘令一だ。ある日、橘が奏のために連れてきたのは、金髪碧眼の美青年にしかみえないアンドロイド家政婦・レイチェル。望む通り応えてくれるレイチェルに傾倒していく奏に橘は!?
定価660円
発行●幻冬舎コミックス　発売●幻冬舎